青春情怀

陈永先 ◎ 著

人民日报出版社
北京

图书在版编目（CIP）数据

青春情怀 / 陈永先著 . -- 北京：人民日报出版社，
2025.1
ISBN 978-7-5115-8031-3

Ⅰ . ①青… Ⅱ . ①陈… Ⅲ . ①诗集－中国－当代
Ⅳ . ① I227

中国国家版本馆 CIP 数据核字（2023）第 199851 号

书　　名：青春情怀
　　　　　QINGCHUN QINGHUAI
作　　者：陈永先

出 版 人：刘华新
责任编辑：周海燕
封面设计：张合涛
书名题字：徐相骥

出版发行：人民日报出版社
社　　址：北京金台西路 2 号
邮政编码：100733
发行热线：（010）65369509　65369512　65363531　65363528
邮购热线：（010）65369530　65363527
编辑热线：（010）65369518
网　　址：www.peopledailypress.com
经　　销：新华书店
印　　刷：三河市嘉科万达彩色印刷有限公司
法律顾问：北京科宇律师事务所　010-83622312

开　　本：880mm×1230mm　1/32
字　　数：205 千字
印　　张：11.75
版次印次：2025 年 1 月第 1 版　　2025 年 1 月第 1 次印刷

书　　号：ISBN 978-7-5115-8031-3
定　　价：78.00 元

作者简介

陈永先，1941年出生，江苏如皋人，中共党员，扬州大学副教授。1966年毕业于南京师范大学中国语言文学系。曾响应党和国家的号召，支援大三线，把青春年华贡献给祖国的国防工业建设。后调至扬州高校，先后从事多学科多门类教学与科研工作。曾出版诗集《青春如歌》、专著《英才与理想》及多部教材讲义。退休后回眸奔腾岁月，寻觅百味人生，探索青少年朋友成长成才的心路历程。

前　言

　　"致天下之治者在人才，成天下之才者在教化。"人才是社会最宝贵的资源，最重要的生产力，关乎国家兴衰存亡。人才的成长，有先天的遗传，也有后天的习得。遗传无法改变，习得却有赖于家庭、学校、社会的教化，即以正确的思想、道德、智慧、规范等教育并使之转化成有为之人。化者，内化于心，外显于行，彻头彻尾，彻里彻外之谓也。我大半辈子从教思想品德，对人才培养，情缘未了。曾出版过《英才与理想》小册子，撰写过《理想与追求》等篇章，但用诗歌的形式表现人才成长和人生感悟尚属首次。我虽年逾八旬，尚有探索创新的激情，但探索是艰难的，常伴有心灵不安，犹如在荒凉无路荆棘丛生的原野上行走，留下的脚印会变成路吗？

　　本书期望人才成长，青春和畅，一路顺利，期望在人生的旅途上，追求高尚情怀，志坚则达，路对则速，心诚则美，品正则贵，慧眼洞世，感恩善缘，同趣相通，心宽则愉等。这些均属人生哲理的课题，但哲理这个词太神圣了，我不敢触碰，我只有一得之见，只言片语，偶有所思，期望做一个探求者。

生命之树的绿意，由春的期待、夏的狂放，到秋的诚实、冬的淡泊，一叶一叶地飘落；人生之书的页码，却聚沙成塔，集腋成裘，一页一页地丰隆。我相信，量变的过程必定会迎来质的飞跃！

岁月倥偬，四季变迁，世事浮沉，人生多艰。人只有一个头脑已无法应对红尘无常。有人说，人要有三个头脑，天生的一个头脑，从书中得来的一个头脑，从生活中得来的一个头脑。三个头脑协同运转，才能让人生演绎精彩篇章。为此，人生的发展还要具备三个基本条件，道德，立身之本；才智，处事之能；机遇，拓展之机。道德与才智，决定一个人能走多远，而机遇，直接决定一个人能否起步。"人与人之间，其实并没有绝对的愚笨与聪慧的差别。所不同的是，你是否为自己想做的事情付出百分百的专注，收获属于你自己的价值。"所谓的优秀，都是拼出来的；所谓的强者，都是逼出来的。生命的年轮不停运转，岁月的匆忙留不住似水年华，笑看世事沧桑，静享岁月安然。

人人都追求快乐。殊不知快乐有三个层次：初级的快乐是放任；中级的快乐是自律；高级的快乐是给予。学会给予是人生最重要的必修课。"给予"大体可分七个方面：（1）给理解。是心与心的疼惜与懂得，是一辈子谅解和牵挂。懂得理解别人的人，内心都装着一个温暖的春天。（2）给面子。个体在群体中最后的尊严。各人都有自己的不容易，揭人短处，发人隐私，践踏别人的尊严，是一种恶。（3）给信任。被信任是一种荣幸，值得信任是莫大的幸福。人心就一颗，诚信只一次，请加倍珍惜。（4）给方便。给人方便，自己方便，这是一条不变的真理。为对方着想，替自己打算，是一种顶级的智慧。这就是常说的，主观为别人，客观为自己。让人舒服的程度，决定你能达到的高度。（5）给掌声。掌声是一种肯定，一种鼓励，一种尊重，发自内心的认可和赞许。（6）给尊重。尊重别人的人，一定是一个豁达、谦卑、宽容的人。（7）给欣赏。懂得欣赏的人，才能看到生活的美与光。学会欣赏自己，才有人生快乐；学会欣赏别人，才有融洽的交际。

为值得的人给予，为正确的事付出。施比受更有福，给别人的甜，终会化为热和光，照亮前行的路。

我服膺"给予"哲学，给人信心，给人希望，给人方便，给人欢喜舒畅，缔结善缘，让教育的力量，清泉流长。

我们这一代人是给予的一代人。出身于抗日战争的腥风血雨中，成长于蒸蒸日上的新中国环境，沐浴着党的阳光雨露，经受政治风云的洗礼和挫折坎坷的磨炼，信仰"全心全意为人民服务",信念是社会主义一定能实现,只管耕耘,不问收获,把方便留给别人,把困难留给自己,乐于奉献,羞于索取,克己奉公,历经磨难,仍然痴心不改,可惜年岁已大,青春不再,我们这代人已经老了!

过去的不会再回来,未来的还不知如何发生,只有脚下的路,可以自己去丈量。时间记录着前行的脚步,岁月镌刻着奋斗的艰辛。

我已届耄耋之年,《青春如歌》诗集在人民日报出版社出版后,我的同学和朋友纷纷劝我,有这本书够了,按常理该颐养天年了。这些关怀体贴的话,确实在我思想上激起波澜,准备搁笔了,还是从众,走常人的养老之路吧。

突然有一天,我高中同学石高明(如皋农村基层干部,出版过诗集《江风乡韵》,中国文联出版社出版)语出惊人,要我"抢救"。理由是我年事已高,身体不太好,写的作品在他看来很不错,要我在有生之年,把一辈子辛苦所学,一生经历磨炼的积累写出来,留给后人和社会,不要遗憾地带走。这抢救二字实在是高抬我了。我一生中不管是顺境还是逆境,虽然都兢兢业业,从不懈怠,但建树甚微,能有什么值得抢救的呢?不过这两个字却提醒我,时不我待,及时当努力,岁月不待人。我明确了人老了还是要有担当的，生命不息，奋斗不止，老有所为，尽量为社会多做点事。玫瑰绽放，香飘八方。让自己既能愉悦别人，又能在快乐中度过余生，何乐而不为呢？于是我选择了继续笔耕。当然，反应也会有所不同。记得《诗经》里有句话，"知我者谓我心忧，不知我者谓我何求"。理解我的人，说我心有所虑，不理解我的人，问我还寻求什么？我问沧海何时老，清风问我何时闲？

我是师范毕业，一生与学生有缘。给予是我的职责，奉献是我的本能。伟大的教育家陶行知先生说过，"学高为师，身正为范"。师者，传道、授业、解惑也。老师要传做人成事之道，授以服务国家社会的智慧本领，破解妨碍成长成功的困惑和疑虑。古人把教师比喻成"春蚕"，到死丝方尽；比喻为"蜡炬"，成炼泪始干；比喻为"春雨"，润物细无声；比喻成美丽的花，即使凋零了，化为春泥更护花。我在《青春如歌》诗集里曾经这样写道："讲堂苦口心作桥，甘为人梯酬宏愿，纵使青丝成华发，奉献是你永不枯竭的力量。"《师颂》具体描写老师是怎么奉献的："老师用语言播种，用彩笔耕耘，用汗水浇灌，用心血滋润，老师给了把尺，天天丈量于心，老师给了面模范的镜，处处榜样效行，思想穿梭天地，吮吸人间悲欢甘辛，严寒不计辛勤，蜡炬泪干灰烬，只盼满园春色，不索一缕春风。""奉献终生无怨悔，世间最敬是赤诚。"俗话说得好，良言利于行。赠人以言，重于珠玉，见人善言，美于文章。以善修心，天地自保。善心生愉悦，自然随和，随遇而安，善心善行，必得善果。每临大事有静气，不信今时无古贤。

给予和奉献与得到和享受是矛盾的统一。给予和奉献是得到和享受的前提，得到和享受是给予和奉献所应得到的善果。善有善报。"天道无亲，常与善人"，上天是不会亏待谁的。你不给予而想得到，谓之不公；你不奉献而想享受，谓之不平。不公不平，天道难容。有句话"将欲取之，必先予之"，这是儒释道高度的共识，也是成功者的重要法则。你想给予要有物质和精神的成果，你想奉献要有智慧和担当，为此必须好好学习、磨炼和积累，否则你连给予和奉献的资格都没有，焉能奢望得到和享受呢！为此，青少年朋友们，不要在应该奋斗的时候选择躺平，也不要被未来的不确定扰乱心思，选择喜欢的事，不问前程，努力就好，因为答案，就在前方的路上。努力过之后就接受平凡，选择过之后就接受结果。锁定目标很重要。没有专注力的人生，睁着双眼什么也看不见。用眼睛去看的，那是别人的故事；用心去感知的，那才是自己的人生。

青春情怀表现在三个方面，一在担当，二在奉献，三在追求。核心是奉献，恭敬的交付、呈献不求回报，是不计报酬的给予，有一分热发一分光的彻底，是我为人人的崇高。付出的是青春、汗水、爱心甚至生命，收获的是心灵的宁静、他人的尊敬，以及精神意义上的永生。奉献是人类生活中最崇高的美德，能让文明延续，能让社会前进。

还有一个终极思考，那就是生命的意义是什么？我说生命的意义在延续。人类的共同愿望就是让血缘伦理薪火相传，让祖德家风精神生命永续传承。千古流芳的精神，古人概括为"三不朽"：立德、立功、立言。文天祥说"人生自古谁无死，留取丹心照汗青"，"汗青"代表史书，青史留名。这两句诗表达了中华民族的融入历史的人生价值取向。只有顺应历史潮流、助益历史前进的人和事，才是有价值的，个人的生命融入其中，也就随着融入的历史而不朽。华夏文明五千年，万古银杏满园春，世代传承奉献情，寄望中华更昌盛。

愿青春之树常青，青春情怀永存！

陈永先

2024 年 4 月 28 日

目 录
CONTENTS

第1篇 笃志

第2篇　通途

第3篇 做人

第4篇 处事

第5篇 交往

第6篇　感恩

第7篇　洞世

第8篇 品质

第9篇 愉情

第 1 篇

笃 志

希 冀

春天显现神奇

渲染万千美意

执着追寻灵魂

焕发无限活力

生命的觉醒

心灵的重启

春光带来新生欢喜

笃行不怠努力向前

终将不负流年盛意

四季的春天不停轮转

生命的春天就在希冀

2022 年 4 月 18 日

信　仰

信仰是心灵的导向

是无影的精神渴望

信仰有一缕光芒

带人走出长夜黑暗

跳出遭遇的困难迷茫

循着目标走得顺畅

守住心中的善良

给他人激励和希望

保持激情与正能量

把灵魂妥帖安放

树立崇高的信仰

不仅要柴米油盐

还要为社会作贡献

心有绿洲身有暖阳

任何障碍无法阻挡

坚定人生信仰和向往

活出自己想要的模样

2022 年 8 月 21 日

向　前

谁的道路会永远坦荡

谁的前行不是跌跌撞撞

如果你正经历风雪寒霜

挺过艰难是最好的成长

保持信仰前行才有方向

去拥抱生命的春暖花香

或许远方依然漫长

向前一步就多一分希望

或许岁月偶尔薄凉

世上总有人是你的暖阳

2023 年 2 月 6 日

向未来

愿与青春常结拜

朝气蓬勃向未来

多梦年华搏精彩

焉能认输成颓派

成败得失寻常事

初心使命记心怀

莫说耄耋步履缓

道阻且长向前迈

2022 年 5 月 4 日 青年节

初　心 ①

第
1
篇
笃
志

农村娃有幸考进大学校园

看到听到一切都那么新鲜

一心好好学习

每天三点一线

路过女士宿舍

经常能听到议论纷纷

指指点点

我挺直腰板

步履如旗手表现

一天终于明白

她们对我的土布衣衫感到新鲜

同学中竟有

这样的土娃

① 　《初心》参加扬州大学首届廉洁文化月活动，
　　荣获"廉心文语"校园征文一等奖。

我一点不觉得尴尬

我的这身打扮来之不易

那是母亲种下棉花

一朵朵把白花摘下

去除棉籽

在油灯下

一寸寸纺成棉纱

染上色

一分分织成布扎

一针针缝成裤褂

这是母亲辛勤和智慧的绘画

让我穿得整整齐齐

体体面面地走出家门

到省城读书

做个有出息的好娃

姐姐是个老革命

出生入死打天下

沉重的生活负担

让她没有自己的披挂

除了给我寄零花钱

还惦记着我的穿戴不佳

秋去冬来寒风刮

寒冷能否扛得下

节衣缩食买毛线

请人织成毛线衣

把我打扮一下

我穿上毛线衣

身暖和

泪流下

姐姐啊

您这么关心爱护我

我何以报答

只有认真学习

将来孝父母报国家

谁料到

我这土里土气的农村娃

学业有成

走向海角天涯

党和国家要我干啥

我就干啥

领导和同事

都说我艰苦淳朴

诚实听话

纷纷把我夸

我岂能止步

国家还不富裕

贫困遍天下

即使当上教授

仍然穿戴朴素

淡饭粗茶

因为我永远不会忘记

我是来自土气的农村娃

2019 年 11 月 25 日

风　骨

岁月安好菊花盛

淡雅清芳志坚贞

草木无言却有灵

不失本真永赤诚

花干枯瘦枝头老

灵魂依然献神韵

修得一颗草木心

活出风骨与精神

2022 年 10 月 31 日

追　梦

一声惊蛰雷

人间春又回

万物生光辉

花草仪态美

风光无限好

苦乐皆韵味

主动去出击

勇毅把梦追

天道定酬勤

春色惹人醉

待到圆梦时

幸福自相随

2023 年 3 月 19 日

做好自己

珍惜时光敬生命
放下负累微笑行
做好自己是唯一
心系苍生最英明
生活原是一本书
读后感悟各有情
生活本是一壶酒
时间品出香和醇
红尘一道尽此生
一生莫枉一世行
起航有人帮扬帆
努力梦想可达成
倏忽搏风生羽翼
须臾失浪委泥泞

苦乐相伴是生活

悲喜交集是人生

牙齿虽硬尽掉光

舌头柔软却永生

悲喜自渡向前走

人生希望无穷尽

2022 年 1 月 28 日

时　光

第 1 篇　笃志

烟雨重叠的红尘

岁月风云变幻

风和日丽前的彩虹

热量足够明媚向暖

路很长莫要滞留彷徨

承受压力需坚挺肩膀

生存需要担当

责任懂得意志坚强

自信自己是生命载体

舒展情怀迎合美好阳光

日月星辰各有各的璀璨

山水草木各有各的装点

时光带走美丽的曾经

却难以覆盖一份心念

她流淌着人生的离合悲欢

吟唱生命的苦辣酸甜

刻进生命奔波的里程

雕刻人生的七彩画卷

坎坷人生勾绘跌撞

走向成熟必须无奈承担

摆正生存价值的方位

垫脚的基石就是磨难

岁月打磨着生活

血脉偾张沧海桑田

踩着旅途的平仄

奔放的节奏不会搁浅

时光延续无数故事

人生没有约定的预演

珍惜善良的真情

让花香伴随诗和遥远

2022 年 2 月 8 日

春　天

时光脚步滋生天地永恒

花开花谢孕育不朽意韵

花红柳绿闲日黄昏

来来去去永无止境

千秋赓续

传递着天地的悠远

流不尽的情缘

剪不断的恩念

刻画光阴的荏苒

心跳敲打苍山容颜

惊醒岁月的冬眠

春风拂透着宇宙的空间

放飞出一粒粒种子的心愿

2022 年 3 月 12 日

孕 育

和煦春风轻拂万物

大自然收到春的讯息

机遇与梦想及时孕育

芬芳苏醒了青春的活力

时光惊艳大地的容颜

碧波与美丽主宰身边颜色

也许春风不解世情

总有秋韵醉过今昔

2022 年 5 月 23 日

6 月 5 日修改

丰　韵

沉默伴随思考

书香熏陶灵魂

携手岁月烟火

一切都有丰韵

惟愿时光洗礼

悟出生命真诚

追逐梦想前程

哪管脸上皱纹

学会探索创新

不断调整修正

纵观跋涉人生

感悟踔厉奋进

2022 年 12 月 19 日

成　长

麻雀留恋枝头

失去高飞的机会

雄鹰向往高空

才可以冲向霄汉

敢于创新的人

才能看到更广阔的云天

挫折阻碍

都是登上高峰的基石

坎坷荆棘

则是成功前的铺垫

给自己一缕灿烂阳光

让自己成长变强

给自己自由的天空

活成自己喜欢的模样

世上没有完全相同的树叶

每个人都有不同景象

拥有的务必珍惜

尚未得到的加倍努力

每一天都要乐观

每一天都是希望

2023 年 1 月 29 日

春　力

花灿灿绽放

草新绿盛妆

风拂面意暖

雨涤尘新鲜

春自带魔力

发芽的心

奋勇向上

奔赴的人

奋力向前

不耕耘播种

岂不亏欠春天

事业做得风生水起

人生活得精彩绚丽

心有目标执着追求

一切充满可能新奇

2023 年 4 月 21 日

休负春

开不败的花朵

闻不尽的芳香

这边杏花微雨

那边紫燕呢喃

这边蝶舞蜂忙

那边鸟鸣婉转

这边春和景明

那边惠风和畅

这边春色旖旎

那边春意缱绻

数不尽色彩绚烂

看不够风光无限

渐行渐远的春光

把春的美好珍藏

生命旅程光阴流转

小确幸井然有序酝酿

劳动是幸福美好的源泉

劳动让你自主自强

用双肩扛起责任

用汗水致敬成长

未来可期怀揣梦想

不负韶华青春为伴

用业绩感恩社会

用奋斗开来继往

2023 年 5 月 4 日

心　念

畅游水中的鱼招式全是乐

翱翔天空的鸟动静皆是美

空中的鸟水中的鱼各有独特亮点

适合自己的美妙和精彩就是智慧

和别人比较是一种自我消耗

仰观别人的风景却忽略自己独好

强大的心念磁场集中意识的焦点

念念不忘导致乾坤回响事态有变

逢人不问沧桑人间是非短长

心静神宁必将促成意识好转①

2023 年 5 月 26 日

---

① 量子力学告诉我们，宇宙是一个大磁场，人体
也是一个磁场，用你自己的磁场吸引同频的人
和事，坚定信念，持续不断，果断行动，向宇
宙发出要求，宇宙接受到信息，会给予回馈。

信　念

车辙碾过无数深浅印痕

那是所有的故事和曾经

生命燃烧流淌在季节风景线

生命的壮丽不经意成为信念

镰刀锤头让我们魂牵梦绕

飘扬的旗帜是日出东方的誓言

未尽的理想等待我们挥汗如雨

熬过苦才能体会今天的甜

心若没有栖息的地方

到哪里都是流浪天边

2023 年 7 月 2 日

国　庆

五星闪耀皆为信仰

目光所至皆为华夏

热爱祖国心之所向

民族团结情满山岚

奋斗创造奇迹

团结就是力量

一路风雨曲折

只为更加辉煌

国是心中出发方向

追随祖国永不迷茫

2023 年 10 月 1 日

夙　愿

大事考验能力行

小事可见态度真

琐事窥视格局新

世事复杂路看清

大事小事把握住

不负情缘惜今生

品德高尚需耐心

铁杵成针功夫深

虔诚夙愿来时路

慢度余生求沉稳

2023 年 10 月 14 日

坐　拥

拥有自己的芬芳色彩

保持自己的梦想期待

不管何时何地是啥年纪

面向远方脚踏实地

敢于追求勇于放弃

坐拥烟火心存诗意

不做别人的影子

活成自己的传奇

与其仰望他人的光芒

不如追索自己的期冀

2023 年 10 月 26 日

一　笑

人生何须万种愁

千里云烟一笑收

万物存在带使命

无论起落有风景

做事问心确无愧

不必执着他人评

笑迎疾风骤雨

岂在一时输赢

生活兜兜转转

幸运得偿所愿

慢品人间烟火

静待花开香传

机遇希望乐观

修炼智慧豁然

逆境筑牢梦想

挫折尤须坚强

身在激流险滩

也寻花好月圆

无论命运如何

不改热情奔放

怀揣乐观之心

坚定志向信仰

胸有丘壑万千

一路勇往直前

2023 年 10 月 28 日

定 夺

在人间烟火里栖息

在红尘路上奔波

人生是一场修行

真诚地对待生活

每个阶段都有新起点

在适合自己的时光里定夺

在命运的十字路口

坚定地迈出脚步

不畏前路不悔过往

只为那份勇敢与担当

不忘初心不负韶华

为了那份信念和梦想

热爱穿越时空

把明天兑现成期望

热爱永远不会过期

日子总会溢出欢畅

生命属于自己的季节

轮回焕发不灭的荣光

没有比脚更长的路

没有比人更高的山

烟火人间四季三餐

守心岁月梳理成章

2023 年 11 月 15 日

情　结

生活价值是实现梦想

生活的真谛是找到方向

心养阳光盈好心情

蕴含情结真挚动心

目光所及都成风景

伸手所触皆成诗韵

勇气和智慧找到统一

坚持和止损找到平衡

眼里有光脚下有路

走出人生的心想事成

2024 年 1 月 10 日

新　绿

枝头冒出绿色生机

凝望春色陌上旖旎

春雨涤清世间尘埃

春风吹散华夏阴霾

花香安抚人的灵魂

草木葳蕤空气清新

用最美热情书春色华章

梦想起航希望飞翔

眼中有光芒心中有向往

前行的路上把光彩绽放

2024 年 2 月 29 日

品　春

掸去岁月沉淀的寒霜

挥别曾经有的彷徨

乘着春的清新气息

迎春赏春品尝春芳

无论是耕种还是生活

充满了灵气和动感

听春在窗外的呼唤

抓紧实现追求的梦想

2024 年 3 月 5 日

春　色

穿过春风织成的帷幔

和风细雨诉说清新怡然

田垄禾苗遂了种子心愿

大地丰盈春色醉了流年

原野镶嵌着绿色的飘带

远山萦绕春天带给的云彩

杏花是开在树上的雪

蒲公英花絮是无法停留的爱

小草聚集变成毛茸茸的地毯

野花凝重让油画挑战自然

丰收梦想恣意点染远方

春种夏炎秋实打磨期许不变

2024 年 3 月 28 日

第 2 篇

通 途

醒 悟

漫漫人生一旅途

此生且行且醒悟

机会靠自己争取

命运靠自己把握

破茧才有蝶舞

蛰伏才有蝉鸣

生命是自己的画板

着色为何依赖别人

活出独特的风景

走出迷人的脚印

渺小中活出价值

短暂中活出永恒

人生之路求自在

尖斌卡引道明白

能文能武乃英才

能大能小明世态

能上能下淡名利

能屈能伸福自来

年轮刻下树的经历

行走记录时钟路程

读书可以丰盈灵魂

辉煌用来诠释人生

2023 年 5 月 13 日

历　练

有一种精神力量

困难中选择坚强

困难是启智的经书

困难是锤炼意志的战场

坚定自己的方向

彰显了人格魅力的阳光

心中有梦想

胸中有胆量

前行的路

不怕万水千山

人生的航行

不惧狂风巨浪

追梦就是逆风飞翔

不怕试错就能产生希望

孤独是催化剂

促使你独立思考

苦难是推动力

磨砺你铸造辉煌

历练顶天立地的勇气

幸福之花就会在心中绽放

2022 年 1 月 30 日

追　寻

人生不重外在比拼

而重心灵的修行

内心盛有持久幽香

胜过无数过眼风景

虽然物质不可匮乏

更需灵魂高尚精神丰盈

短暂的是物质时光

漫长的是追寻信仰

经历过多少迷茫

就会有多少成长

不计较暂时的悲喜得失

不纠结遗憾的过往

穿过必经的风雨灰暗

迎来自己的美轮美奂

2023 年 4 月 9 日

耕　耘

实干结硕果

人勤早耕耘

为春天耕耘

收获十里春风

为热爱的事耕耘

收获快乐成功

为美好生活耕耘

收获幸福万种

好心情的土地

看你怎么经营

看山看水看花红

种桃种李种春风

执于梦想积极向上

正能量形成好的磁场

给自己一个信仰

管它变幻的世事沧桑

不忘初心为梦耕耘

风景焕然一新

人生自有光辉前程

2023 年 2 月 24 日

春 分

细雨润物涤轻尘

桃红柳绿又春分

春风予尔都顺心

春雷喜之惊人鸣

春雨馈尔财源滚

春阳暖人事业升

惠风和畅物共生

向善向美执念行

内心若有桃花源

春好万事皆可成

2023 年 3 月 22 日

路

最难走的路是心路

走错了难免误入歧途

你若脆弱无人替你坚强

心里疼痛只能自己疗伤

生活总有艰难

苦与累只能自己去扛

笔直曲折的路自己走

酸甜苦辣的滋味自己尝

人生路多有风雨

心之路多有崎岖

退缩了山穷水复

走下去定有前途

2022 年 6 月 3 日

丈量人生

人生之路很长

需要一步步丈量

路途夹杂坎坷泥泞

交织着雨雪风霜

人是矛盾的主体

适时捕捉平风静浪

活着争不过朝夕

生命的意义是让自己最棒

2022 年 8 月 20 日

开　学

闻着桂花的芬芳

邂逅秋日的时光

金黄的丰收底色

充满憧憬与渴望

五星红旗校园飘扬

幸福与压力伴着书香

承载着青春的梦想

努力让路变得平坦

恩师给了有力的翅膀

人生旅途扬帆起航

2022 年 9 月 1 日

坦　然

人生旅途苍茫遥远

终会有些如梦似幻

岁月的风刀霜剑

琐碎的柴米油盐

相遇相知就是缘

用心感恩深深祝愿

走遍万水千山

祝你一路平安

平安才能梦圆

平安才有明天

别说来日方长

一次挥手天各一方

一次转身身影不见

空留回忆永远

无论是一个人的孤单

还是亲朋好友陪伴

不求时时欢喜

但愿活得坦然

善良是人世一道光

给人带来温暖力量

山河含笑大地生辉

遇到险阻看见曙光

跨越历史穿越空间

厚德载物福寿绵长

2022 年 9 月 3 日

仅一程

人生好比一盘棋

落子无悔局中议

胜负不由人差强

博弈心境全由己

山重水复忽见村

机遇降临蒙尘里

期待风景在路上

着急赶路没在意

叶落明年还重生

花谢春来又繁盛

生命珍贵仅一程

贵在有恒方尽兴

追光逐梦不停息

人积跬步致千里

松弛有度对万事

天道酬勤有惊喜

2022 年 10 月 29 日

振 翅

时光流逝岁月沧桑

善良伴随一路顺畅

经历增多修行成长

人生历练得以坚强

不惧苦难不生空想

燃起热情拥抱希望

鸟欲高飞先振翅膀

人求进步读书立章

风雨再大自己抵挡

牢记使命勇往前方

2022 年 11 月 3 日

守　护

岁月荏苒

回不了从前

不再童年烂漫

只有奔波的情感

生活千难万难

前行是对美好的执念

活着是幸福的体现

挫折是对灵魂的考验

上孝老下护小

默默守护自己的天

远处的都是风景

眼前的才是人生

不要光顾着看别人

走错了脚下的路程

马靠奋蹄翻山岭

人凭志气搏命运

2022 年 12 月 5 日

前　行

江河万里总有源

树高千尺也有根

不管道路走多远

收拾心情好前行

往年经验要总结

人生教训须反省

过重包袱要甩掉

新年行囊要扎紧

新春计划装心中

潇洒奔赴新征程

2023 年 1 月 26 日

常 在

拥有什么样的心态

就会遇见什么样的未来

相似灵魂彼此吸引

美好事物终会存在

保持对未来的期待

神采焕发笑口常开

孰知人生世事无常

怎奈良辰未必能再

老来执笔勾勒时光

执意只愿青春常在

漫漫人生踏实无憾

希望蔓延诗篇光彩

2023 年 2 月 12 日

立 冬

人生本是生命铺展
款款演绎心性历练
时光本是四季档案
按序记录自然变迁
霜降带走秋的果香
立冬打开冬的门窗
季节舞台演绎故事
自然万物阳气潜藏
北方的瑞雪呈祥
南方的红日艳阳
追寻好景脚步不停
不怕影单路途薄凉
做个温暖的自己

迎接精彩和安然

寒冬刚刚起步

阳春已在路上

2022 年 11 月 7 日

路　上

所有命运的馈赠

早已暗中标好价签

历练中打磨梦想

守住情怀经久留长

日子成诗不是一时痴狂

对待当下要用新的眼光

昨天的风吹不落今天雨

身体和灵魂都在路上

2023 年 3 月 1 日

轮　回

岁月次第轮回

生命接力奔赴

心念鲜活丰盈

写意不同的新颖

春情总有新韵

景象遇见全新

岁月温情的诗意

赋予有趣的灵魂

生命真挚的情感

回馈最雅的风景

温润信仰的虔诚

洗浣内心的清明

人最可心的活法

过得怡心悦性

心存善念怀温暖

且行且惜且感恩

2023 年 4 月 8 日

向 阳

向日葵向阳而生

会迎来籽粒饱满

万物皆有灵性

积极向上会有好运

乐观向上充满自信

工作积极为人真诚

把付出当作沉淀

把成长当作磨炼

用自己的光和热

温暖自己照亮别人

2023 年 4 月 22 日

阅　读

博览群书通古今

修行正身丰灵魂

漫步书香茂<u>丛</u>林

吮吸知识胜甘霖

屹立汪洋有灯塔

人类进步阶梯升

笔下能文约意丰

字句精辟阅读行

2023 年 4 月 23 日

高　考

高考一年一季

梦想触手可及

胸有丘壑志在必得

天高海阔金榜及第

伏案苦读不会虚度

点滴努力都有记忆

不负青春一场

书写最美华章

临高山之巅

见大河奔涌

立群峰之上

沐长风浩荡

我觉君非池中物

咫尺蛟龙云雨翻

寒窗苦读十二载

深造需要过桥梁

人生的一个起点

旅途中的一次历练

以梦为桨乘风破浪

微小细节可是成功关键

风力掀天浪打头

只须微笑不须愁

花开流水两无碍

桃李春风各千秋

风雨兼程历经磨炼

心有所向未雨绸缪

2023 年 6 月 7 日

浮　沉

人生是心灵之旅

鲜花与荆棘并生

苦难与美好同行

必须多存些耐心

生活将你置于低谷

前方定有上坡路程

曲折不顺的遭遇

为的是柳暗花明

那些压力山大的日子

检验生命的顽强坚韧

终日奔波一刻不停

生在人世皆为凡人

每一个认真努力的灵魂

都在人海里浮沉

前半生风尘仆仆志在四方

后半生沉淀生命归隐平凡

珍惜尘世的幸福

安享内心的宁静

2023 年 7 月 3 日

投　影

来来往往的旅程

寻寻觅觅的人生

得到失去的过程

脚步总要始终前行

遇见是此生的注定

经历是向内的修行

常态是一路起伏

热爱未来一路倾心

熙攘喧嚣的尘世

要保持自己的欢欣

做个自己的太阳

散发温暖光明

世间万物内心投影

雨落成花心装乾坤

2023 年 7 月 13 日

情　趣

情趣让人生韵味隽长

带来无尽的诗意和阳光

道路高低日子苦甜

情趣像一味解药

让身心从烦琐沉重中解放

淡淡花香可以解忧

蓝蓝天空可以开怀舒畅

悦耳的鸟语可以解闷

悠悠书香可以让心灵丰满

真情汇成最美风景

趣味写下最美诗文

生活不会亏待用心

命运不辜负有趣有情

人生收获不单单几两碎银

更有皓月皎洁星河万顷

坎坷跌宕尘世浮沉

情趣让我们踔厉前行

2023 年 8 月 8 日

怀 旧

怀旧是人的本能

可让生命焕发青春

怀旧是一种情怀

让人生走得更远

在流年里找寻美丽

在记忆里重温曾经

怀旧是对过去生活的总结

让美好充实心灵

童年里的那些趣事

洋溢着童真和笑声

那发黄褪色的老照片

带来老朋旧友的思念

故乡的老屋村头的槐树

绵长着成长的童年

永远回味难忘的从前

永远期待美好的明天

由青涩懵懂到夕阳垂暮

启迪历史铺垫向前

2023 年 8 月 15 日

与时俱进

生活别形成无意识的惯性

换种思维天地有更广阔的可能

世界分分秒秒都在变化

我们要不断更新与时俱进

人生是一个不断领悟的过程

岂能不长学识只长年龄

始终保持求知欲望和好奇心

提升自我才有能力改变自身

深化对世界和自身的理解

培养兴趣爱好和生活技能

接纳人生百态

博采众长去芜存菁

思维打开了就是路

墙推倒了就是门

2023 年 8 月 13 日

努 力

时光默默流转

岁月匆匆向前

枝叶完成了季节使命

由碧绿向金黄演变

秋色染指山水画卷

养分壮大了果实鲜美芬芳

生活就像划桨开船

投入汗水都会破浪

美好都会如期而至

努力的结果是向上向暖

2023 年 8 月 31 日

平　淡

平淡是人生真正的内涵

做事处世理智释然

生活应该删繁就简

人生应该随遇而安

惧什么生活坎坷

怕什么生活艰难

生活过的是真实

生命活的是舒坦

伟大出于平凡

辉煌出于平淡

2023 年 9 月 2 日

幸　福

幸福不在遥不可及的远方

而在当下生活中隐藏

被世间尘埃遮蔽

每天都活着的健康

是一杯解渴的白开水

是一桌抚心的烟火味

是一程顺遂的平安路

是一片迷人的风景美

春看万物生长

夏迎清风舒爽

秋尝丰收甜香

冬沐白雪清凉

是有个梦可寻可追

是有个家可归可回

在匆匆流逝的眼前

在烟火如常的每天

在静好的岁岁年年

2023 年 12 月 19 日

亚　岁

四季更替余韵长

节气脚步至驿站

水边待腊将舒柳

光阴流转梅傲寒

九九消寒虽缓慢

却让希望热切盼

莫负寒冬向梦追

向暖而行春呼唤

生命轮回又一场

回声似有仪式感

但愿往事无遗憾

来年依然花灿烂

2023 年 12 月 22 日

锚 定

人生艺术精彩纷呈

不能因生活琐事忘记初心

倾尽一生推向极致

刻刀自主雕刻生命

生命修炼无悔历程

不因生活压力放弃决心

情绪起伏不定

需要一隅让身心安稳

发火容易激化矛盾

生气时要保持沉默安静

人生踌躇满怀

不能在内耗中蹉跎人生

静心运动焕发生机

改善情绪修复内心

读书是随身携带的避难所

帮人处理不如意的事情

别背着烦恼前行

得到失去没有统一标准

控制情绪摆脱局限

书香解忧锚定航程

2024 年 2 月 21 日

亲　近

幸福需要发现感知分享

离不开自己他人和自然

清风流水日月星辰

皆是世间最好的营养

晒太阳让人气血通畅

体内情绪积极乐观

潺潺流水静气凝神

让人愉悦心胸开朗

勃勃生机的鲜花绿草

让烦恼烟消云散

人们获取治愈的能量

领略万物感悟上苍

人生的关爱牵挂回忆

都来自人与人的交往

砸碎心房上的锁链

多沟通联系回家看看

生活渴望认可赞美

你和自己的亲密度

决定了你的幸福感

做快乐有意义的事

聆听取悦内心的箴言

2024 年 3 月 7 日

有　趣

有趣化解不开心

经历后才能顿悟人生

生活苍白就像土地贫瘠

没有收获哪来欣喜心情

经历磨难不要自己抱怨

苦难能让人坚定信念

顺遂会增多自身的欲望

有趣的人知道随时清点

日子有趣人生充满欢喜

阳光通畅空间盎然生命

2024 年 3 月 23 日

换位思考

换位思考显真情

己所不欲勿施人 ①

尊重体谅照人心

为人善良低成本

待人接物心度心 ②

相处角度身观身

---

① 孔子曰:"己所不欲,勿施于人。"自己不愿意,不要施加给别人,也就是说,替自己想的同时也替别人想。

② 诗人白居易曰,待人接物之道,无非"以心度心,以身观身"。原话是,"夫恕己及物者无他,以心度心,以身观身,推其所为以及天下者也。故己欲安,则念人之重扰也。己欲寿,则念人嘉生也。"这是为人处世的最高智慧,必经两步,第一要了解自己。《道德经》中有,知人者智,自知者明。认识自己是一门大学问。第二要推己及人。人同此心,心同此理。

将心比心修养好

推己及人慈悲行

风光霁月暗不欺

积德无须人见形

智慧能力不可少

内心有爱现赤诚

2022 年 1 月 12 日

底 气

世事无常多变幻

跋涉一世多磨难

人生就像一台戏

主角永远是自己

人生又是一部书

情节有悲亦有喜

人生犹如一条河

起伏颠簸不由己

尝遍苦辣酸甜咸

经历磨炼有底气

追光逐梦莫畏难

长风破浪会有期

2022 年 11 月 1 日

信　任

开心的钥匙

心相印的情

此等秘诀叫诚信

如山难堆

如水难清

日积月累赔小心

一回欺骗

无法复原

一句谎言

再无从前

一次隐瞒

让人心酸

信任如镜

破碎难圆

借来的钱准时还

承诺的事要兑现

欠下的情拿心换

诚信如命莫轻欠

世间最难是做人

人际关系大学问

开启心扉靠信任

难建易毁谨慎行

2022 年 5 月 7 日

尽　兴

看四季变换

过岁月河山

寻觅跋涉

旅途漫漫

今生只此一程

且行且惜且尽兴

怀感恩之心

交善良之人

做你想做的事情

看你想看的风景

爱你想爱的人

活你想活的人生

一切尽力而为

拥有一颗平常心

愿这有限岁月

活好每天不负一程

2022 年 9 月 18 日

年　龄

随着岁月的沉淀

内心逐渐丰盈

年少的轻狂

处世的稚嫩

锋芒的浮躁

收敛雕琢生命

年龄仅是数字

别让它捆绑人生

脸上多了几许皱纹

绝不是不中用的定论

若得夕阳无限好

何须惆怅近黄昏

笑对暮色向晚

优雅荣辱不惊

年龄只是提醒

莫要辜负厚赐的生命

2022 年 8 月 18 日

桃　树

花开绽放引人羡

硕果累累挂枝前

素雅绿叶静秋到

枝头光秃冬休眠

休眠蓄势为春夏

春夏绚丽韶华恋

秋日静美珍惜善

抱残守缺逆自然

春夏秋冬景迥异

桃树如人因时变

时易境迁顺运势

时来运到须表现

2022 年 8 月 13 日

心　态

戒掉对他人的依赖

承受内心的悲哀

藏起自己的脾气

咽下所有的不该

命是弱者的借口

运是强者的谦怀

人世可怕的不是失败

是失败后无法调整心态

事情再难也要独自去扛

好运只留给有准备一方

如果你是蚂蚁的心态

再小的石头都是阻挡

如果你是雄鹰的心态

再高的山峰也敢浅尝

与其哀叹自己的命运

不如相信自己的力量

命运颠簸岁月沧桑

悲欢离合演绎人生剧场

平淡温暖的烟火日常

喧嚣熙攘的人来人往

扑面而致的款款花香

风雨过后的别来无恙

年龄是生命的勋章

拥有成功的是心态坚强

2023 年 4 月 11 日

洒　脱

时节匆匆如流

人生几度春秋

在生命的路途奔走

莫让愁绪白了头

年龄是最好的勋章

活出精彩快乐洒脱

趟行人生亘古的旅途

岁月如画心境如歌

2022 年 10 月 5 日

放下负累

岁月弹指一挥间

放下负累去羁绊

纯朴豁达求简单

从容淡定心坦然

历经沧桑怀希望

初心不忘使命担

人生一世不容易

追光逐梦靠自己

靠人如上天九重

求人吞剑也不济

多积跬步致千里

闯出一片新天地

2022 年 10 月 18 日

自　强

黑夜总会过去

黎明将会来临

为人志不大

何以佐乾坤

开启命运的钥匙

自己手中握紧

铸就伟大事业

必需伟大信心

庄敬有为之人

自强方能立命

夺魁壮志凌云

勇敢参与竞争

前尘往事莫回首

潮起潮落是人生

2022 年 10 月 28 日

丰　盈

享受有赖澄明心

丰盈抵御世不平

若有诗书藏于心

岁月从不败容颜

博闻强识铸就有趣灵魂

修炼自我拥有丰盈内心

生命在磨砺中坚强

内心在坎坷中提升

酸甜苦辣荣辱得失

是上天恩赐最好的体验

自由行走的花朵馨香迷人

生命含香靠的是无私奉献

2022 年 12 月 4 日

春　播

光阴剪成烟花

瞬间看尽繁华

春风极尽温润

不经意催开烟霞

杏桃粉柳色黄

写意欣欣向荣的景象

带着憧憬的理想

不辜负人生的希望

走在奋斗的路上

不想让人生留下遗憾

在春天播下种子

筑梦在流年考验

2023 年 2 月 11 日

良 心

做人重人品

良心是底线

良心温暖心灵

真心交换真心

良心是做人的根本

良心是人品的见证

有良心

做人朴实

待人真诚

品行端正

不会骗人

被人认可

人人相信

有人交心

人人尊敬

将心比心
心才会近
相互真心
情才会深
人活一世
草木一春
心善品正
无愧于心

2023 年 4 月 7 日

随　心

人生没有最好的年龄

只有最好的心境

心里种上花田

胸中有景花香满径

韶华易逝一生不长

能做的是珍惜时光

在岁月的河流跋涉

在泥沙俱下的世界迷茫

随着时光的流转

总有苦难轮番上演

回眸一抹浅浅的忧伤

或多或少有一些遗憾

人都有自己的信念

突然顿悟一切随心随缘

2023 年 4 月 25 日

参　与

百花各有其艳

人有专属华彩真情

世上最美的风景

是一颗善良的心

善心勾勒最美画卷

磁场魅力优美迷人

浪涛必须参与潮汐

我们无法独自体验人生

2023 年 7 月 27 日

乐　观

乐观自有妙趣生

乐观自有好运藏

人生如歌

歌甜心舒畅

人生如花

花美人亦靓

人生如戏

戏好人气旺

人生如茶

茶好回味香

乐观地笑

适当地忙

今朝快乐

笑对朝阳

驱逐烦恼

听鸟歌唱

开阔胸怀

秀水青山

快乐周围

缔结人缘

乐观人不老

烦恼离得远

2023 年 7 月 21 日

心　知

生活承载情非得已

说不完看似简单旳故事

积极乐观的心态

充满了期待和善意

世上没有感同身受

却只有冷暖自知

每个人的经历串成故事

花开声音感受花落诗意

2023 年 7 月 22 日

足　迹

生命中所有绚烂

最终都用寂寞偿还

与寂寞和孤独和平相处

才能在丽日晴空畅玩

人生是充满考验的长途

一时激情难撑起全程

开始热血沸腾

渐渐疲惫了身心

凡是适当才是常情

放不下执念会误了一生

时光久远岁月漫长

珍藏心底难忘的过往

举起酒杯诉衷肠

弹起琴弦心舒畅

人需要隐形翅膀

岁月风尘中绽放坚强

从青葱年华到日暮夕阳

看淡世态炎凉

珍惜生命短暂

前尘往事念念不忘

美好旅程好好收藏

那走过的足迹

都为争取辉煌

2023 年 8 月 7 日

正　道

鱼儿向往大海

在水中练习游弋

鸟儿向往蓝天

在天空练习飞翔

人向往幸福生活

努力学习刻苦磨炼

读书时光认真修养

工作的岁月为社会贡献

恋爱时赢得对象欣赏

成家后把家庭责任担当

退休后有养老金度年

人生正道必须把稳

错位了一辈子不会顺畅

躺平更不应提倡

适时努力才有幸福安享

土地让树苗深深扎根

是想让它长得更高

河岸限制河水的自由

是为了它奔流更远

挥霍青春自由散漫

凭什么谋取生存发展

禁不住眼前的诱惑

就失去了未来的优选

2022 年 6 月 26 日

年　龄

岁月沉淀的智慧

生活感悟的积累

谁也掠不去的财宝

年龄竟如此金贵

生理年龄虽渐增

心理年龄愈年轻

潇洒追梦做自己

持重大任非老成

前路总会有惊喜

熙攘红尘尽风景

安顿好自己的灵魂

做力所能及的事情

岁月有情亦无情

得失之间须清醒

人生何事须珍视

常须考问是年龄

2023 年 9 月 25 日

自　渡

看惯了世事无常

前行便有了远方

看空名缰利锁

泥淖处心尘不染

风雨兼程中奔波

磨难蹉跎里赶赴

卑微无奈间挣扎

跌倒困窘处自渡

刺破云层阳光耀眼

心灵出笼芳草连天

静默是神的语言

其他都是蹩脚再现

季节有不同风景

年龄有不同心境

内心云淡风轻

前路一派光明

2023 年 10 月 22 日

寻 觅

来来往往的旅途

寻寻觅觅的人生

听心跳的渴望

听呼吸里的深情

听脚步的自信

看眸中的求新

用慎重的选择

打开幸福之门

遇见是此生的注定

经历是向内的修行

年长学会静心沉淀

温柔待己随缘待人

一尘不染不是没有尘埃

而是我自阳光尘埃扬尽

2023 年 11 月 28 日

寻　乐

读书之乐何处寻

数点梅花天地心

关上门窗阻隔喧闹寒侵

摊开书本踏上美好一程

书香沁润咀嚼意蕴

心如梅花雅美丰盈

岁月雕琢不会错过我们

衰老难免内心年轻

能改变尽量改变

不能改变顺其自然

给自己一个笑脸

告诫自己开心

给他人一个笑脸

送去温暖和热情

2023 年 12 月 6 日

适　度

回首来路幸与不幸

那已是逝去的曾经

生活是人生的体验

如广阔田野需要耕耘

名利是人生的一种诱惑

吸引人追逐狂奔

幸福是一种人生追求

让人品尝甜蜜新鲜

智慧是人生的一种境界

高山巍峨要人攀援

智慧不是知识的堆砌

不是权力的象征

不是成功的秘密

而是对人性的尊重和理性

看淡人世是非美丑

头顶一方蓝天

脚下鲜花一片

心中美好向前

如果计较纠缠

天空将是阴郁灰暗

心中将是痛苦忧烦

眼里将是苦海无边

适可而止是门学问

木头烧大了就不是炭

2023 年 12 月 10 日

静

静是生活的根本

只有静才能回归生命

水静极则形象明

心静极则智慧生

内心清明无干扰

所有答案均达成

谁终将声震人间

必长久缄默无声

谁终将点燃闪电

必长久漂泊如云

此生终究向内求

道理还需自己悟

常与孤单为伴

能让人清醒专注

学会享受孤独

日子多了恬淡幸福

痛时给自己微笑

伤时自己才是最好解药

交往需要正能量

做事多染些书香

灵魂相遇同频共振

自我在孤独里绽放

日升日落告别岁月

手握烟火生存有望

四季更替是自然规律

良好心态是笑对梦想

2023 年 12 月 15 日

精　彩

女子今生有幸自在芳华

三八节青春美丽笑靥如花

既可为爱执着也可为梦而追

既可坚不可摧也可柔情似水

既可细煮烟火滋味

也可山巅俯视平庸之辈

既像有内涵的好书

精彩有趣读懂精髓

又像明亮的一轮太阳

沐浴温暖春光明媚

天赋才华找寻梦想热爱

安于平凡也可创造精彩

2024 年 3 月 8 日

格　调

相逢是缘应赤诚

相处是福交往真

生命之美在耕耘

人生旅行无回程

紧握船桨要自信

踏实勤恳做事情

遇到逆境向前奔

努力作为亮风景

出手出场都能行

高山峻岭也攀登

书香惬意入脑门

书韵美好润灵魂

远离喧嚣修心性

提高气质格调升

2024 年 3 月 24 日

第 4 篇

处 事

谦　虚

谦虚是美德的护卫

也是一切美德的蓓蕾

似道德之母宝贵

是光彩做人的大智慧

藏锋敛迹多思慎言

与人为善同情无微

似明灯照亮灵魂

结合心灵审时应对

为人处世恰到好处

超凡脱俗闲云唯美

2022 年 5 月 31 日

简　单

听涛观海心胸宽

登高瞭望目光远

人生苦短弹指间

放下冗繁最简单

居室简单增空间

人际简单少防范

简单处事增豁达

人心多虑自添烦

文章简单容易看

歌曲简单好流传

日子简单人不累

静听夜雨敲窗轩 ①

2022 年 2 月 19 日

———————

① 写作时间正好是二十四节气雨水这天，意为顺
　　其自然。

热　爱

热爱是人生的底色

喜欢是生活的光芒

追光逐梦爱我爱

人生风采才绽放

诗情画意由情酝酿

精神家园耕耘有方

人生一世道阻且长

勇毅前行无可阻挡

无惧年龄笑对时光

热爱生活一如既往

爱得深沉成为癖好

人无癖好年华惆怅

热爱是精神的食粮

热爱是一路前行的力量

喜欢可迎千难万险

热爱可抵岁月漫长

2023 年 5 月 18 日

淡　定

淡定的人不负赘

豁达的人不伤悲

看淡世事沧桑

内心安然无恙

再长的黑夜

也会迎来黎明

再多的坎坷

也会把它踏平

怀抱希望之心

永不放弃前进

2022 年 6 月 2 日

纵　笔

惊蛰的一声响雷

唤醒了春的酣睡

淅淅沥沥的细雨

润泽了春的鲜美

沾衣的一缕花香

氤氲成春的气味

桃花杏花弱柳垂

鸳鸯缠绵戏碧水

草沐阳光碧绿翠

阡陌菜花铺金被

招蜂引蝶蹁跹舞

暖风微醺惜春晖

人勤春早追梦时

诗和远方都明媚

种下梦想种下爱

烟花瑞霭纵笔挥

2023 年 3 月 3 日

活出诗意

风风雨雨荆棘路

人生无奈常比较

小时候比谁成绩好

长大后比谁工资高

用情感拉近关系

用比较制造距离

背负了太多压力

忘记了奋斗的本意

没有谁能事事如意

没有谁活得比较容易

花即使无人鼓掌

也要勇敢向阳绽放

生活即使平淡无奇

也要自信满满

人有不一样的追求目的

别用他人标准衡量自己

取悦别人不如自我快乐

把困苦人生活出诗意

2022 年 1 月 17 日

浅　藏

寥廓银河的星星

碧蓝沧海的波浪

保持淡然不争之心

岁月如行云流水模样

风雨兼程不放弃

执着坚守为了最好形象

记忆中夹杂不圆满

没必要太过悲伤

轻倚时光的门框

将一缕阳光浅藏

捡一段闲暇时光

温暖经年所有的清寒

于无欲无求中恬适

于无尤无怨中幽然

闲花落地听无声

细雨湿衣看不见

静观名利世俗尘烟

把生命的酸甜苦辣品尝

2022 年 7 月 15 日

留 白

处事须留余地

责善切戒尽言

漫漫人生路

进退须得宜

为人处事懂留白

回旋方寸有余地

秋天云彩博眼球

只因宽松不拥挤

闲情雅趣看无用

释放心灵精神寄

生活是块调色板

心中终需芳草地

2022 年 10 月 30 日

今　天

脚步踩在时间节点

心思放在当下事务

往事如烟随风散

流水东逝昨不居

说再见的不再留恋

该翻篇的就得翻篇

前方的路还很长

更美的风景在遥望

岁月蹉跎西风渐凉

抓住今天就是安暖

交待昨天期待明天

今天才是如愿的眺望

2022 年 10 月 31 日

结　果

不可重置的人生怎样度过

真正的命题应该是结果

人生从来没有彩排

每天开弓的箭都是直播

问题不能解决自己就成了问题

生活从来不相信眼泪和借口

上天赐予的机会和成功

代价不菲需要努力奋斗

今天不是昨天的翻版

明天不可能跟今天同寿

此日非彼日今我非昨我

日日看相似万物有因果

百川东向海不可复西归

余生多珍惜切莫再蹉跎

2022 年 11 月 22 日

眼　光

风雨是搭建成功的桥梁

风雨的钥匙打开坚强

每个人心中都有一扇窗

关上打开靠自己的眼光

风雨是抵达幸福的阶梯

磨难变成最好的自己

命运给予的所有礼物

价格在暗中做好标记

志同为朋道合为友

圈子不同不必强挤

2022 年 12 月 8 日

心　安

心安茅屋稳

性定菜根香

所行化坦途

前路皆顺畅

花香抚灵魂

万事可期盼

梦想已启航

暖风达彼岸

2023 年 2 月 27 日

读 书

让灵魂生香

让生命发光

让青春展翅

让人生飞扬

让生活美好

让情操高尚

读书成习惯

快乐常分享

阅读善思考

做人情趣长

读书有渴望

福在书中藏

2023 年 4 月 23 日

最美相遇

多少人爱您青春

爱您美丽的时辰

有一人爱您虔诚的灵魂

爱您苍老脸上的皱纹

轻抚您沧桑疲倦

读懂您冷暖悲欢

漫漫红尘相遇是缘

互相在意实属艰难

共度风雨人生的灰暗

共迎柳暗花明的灿烂

爱让生活充满温暖

爱让路途不再孤单

爱让心灵有了港湾

爱让人生更加圆满

2023 年 5 月 20 日

权　衡

人生是权衡价值的天平

轻重强弱评判公正

生活需要自己好好经营

积极乐观面对坎坷一生

有多少计较就有多少烦恼

有多少包容就有多少欢欣

尽情享受当下美好

才容易抵达理想前程

2023 年 7 月 15 日

需　要

看四时有序

感岁月生香

闲时心可栖息

忙时眼里有光

借着心情的水墨

书写人生篇章

人生起起伏伏

跌跌撞撞

平坦时不狂妄

低谷时不沮丧

不要和往事过不去

因为已经过去

不要和现实过不去

因为还要过下去

素笺记忆仅为念想

情愫入心挥洒流年

经历是生活的馈赠

生命无非是过程体验

树木知道自己需要

奋力向上接受雨露阳光

苔藓知道自己的喜欢

在阴暗潮湿处安心生长

2023 年 7 月 19 日

力 量

有个故事值得欣赏

风和太阳比赛力量

谁把行人的外套脱下

谁的名次居上

风使尽本领用力劲吹

行人却紧紧裹住衣裳

太阳悄悄升高温度

耐不住热度的行人

很快将外套脱光

强硬以力示人

柔和为人着想

平等互利合作开放

世人期待灿烂暖阳

各国人民安居乐业

精心建设自己的家园

人类命运共同如愿

世界到处和平安康

2022 年 11 月 18 日

行　止

人生似走路

前进或停止

目光朝前望

风景皆以往

经历有教训

得失可鉴赏

历史有经验

兴替足可参

行止皆由心

得偿是所愿

明心悟理性

知行成自然

2023 年 1 月 27 日

做自己

人人自有定盘针

万化根源总在心

却笑从前颠倒见

枝枝叶叶外头寻

追着别人的评价做标准

只剩下大汗自己淋

用他人的方向盘做导向

只能导出对方的目的地和风景

别人的嘴

铺不出自己的路

别人的节奏

跳不出自己的舞

坚持做自己的裁判

为自己悲喜买单

悠长人生做自己

一生幸福又安然

2023 年 8 月 24 日

细　品

是岁月浸染了纤尘

还是心情引领人生

一辈子为柴米油盐奔波

为人情世故耗神

接受自己的不完美

承受别人不理解的眼神

物质带来的欢愉有限

精神体验的欢愉历久弥新

生命的体验化作智慧光芒

引领我们寻找前方

经过地狱般的磨炼

练出创造天堂的力量

流过血的手指

弹出世间的绝唱

细品岁月美妙滋味

慢熬人生万千景象

2023 年 9 月 19 日

沉　淀

携着晚秋的深情

迎着新冬的邀请

外在风景萧瑟

身心更应上进

抛开种种过往

收起浮躁迷茫

沉淀自己的时光

修炼自身的能量

听听心中的声音

看看未来的方向

2023 年 11 月 1 日

盼　念

安然无恙的晴天

是狂风暴雨换来

每一个风光无限

都经历黯然神伤的黑暗

百花各有其艳

人有专属华彩

不必艳羡他人

无须甘居后来

手持烟火谋生

心存诗意谋爱

走过亘古洪荒

穿过飞短流长

无论怎样的时空

日出有盼日落有念

2023 年 11 月 4 日

点　滴

生活点滴潜藏美好

珍惜眼前遗憾减少

热爱生活可抵岁月漫长

日子唯有情怀可渡薄凉

与美好相识增色画卷

贴着性情走路犹似徜徉

脚下的路虽平坦

面前的山却不易登攀

人生如同一场马拉松

跑得快耳边是风

跑得慢闲言嗡嗡

边跑边看诗意朦胧

2023 年 11 月 13 日

探　索

物质贫穷摧毁一生尊严

精神贫穷耗尽几世轮回

一生没有白走的路

也没有白读的书

触碰过的文字

帮你擦去无知和迷糊

读书帮你树立信念

行事审慎谨严

世上万物遵循因果循环

走过的路

吃过的苦

流过的汗

读过的书

都会转化为生活的阶梯

令生命增辉照亮前路

将袭扰降低到最低限度

保持对世界不懈探索

2023 年 12 月 9 日

安　身

人生如戏需要用心演绎

人生如梦不可沉醉忧伤

平淡中泛着馨香

真实里漾着温暖

使命如炬初心如磐

人生责任必须坚持担当

短暂的一生自己选择

漫长的道路自己往前

人生岂能尽如人意

万事只求随遇而安

莫说他人短与长

说来说去自遭殃

若能闭口深藏舌

便是安身第一方

个人因果个人了

豁达宽容与原谅

人生是一场场奔赴

不要开始就把脚步锁住

2024 年 3 月 12 日

拓　展

宇宙中显得渺小

人只是沧海之一粟

生命充满无限可能

创造独一无二的精彩人生

活出自己的千秋

成为别人眼中的风景

大树遮天靠的是向下深钻

拓展能力是极致地做好事情

2024 年 3 月 13 日

第 5 篇

交 往

相　处

相处就像收音机调频

调不准就听不见心音

频率一致三观相同

自有入心的悠悠琴音

声音共鸣事物感应

气味融合知己共情

和而不同美美与共

乍见之欢不如久处不厌

相处不累唇齿留香

相处舒服时间奖赏

人们追求的是身心舒畅

能入我心待之以君王

不入我心不屑与之敷衍

快乐喜欢与简单的人同行

幸福乐意与知足者为伴

2022 年 5 月 29 日

6 月 4 日修改

知　心

人海相遇天成就

有缘才成好朋友

花木知春人知友

蜂蝶恋花人念旧

优秀督催你进步

努力拉着你奋斗

聪明带着你成长

大度让你勿多愁

良心是金善为魂

忠孝做人是基本

丢了良心毁人品

失去善心毁本真

没了孝心难做人

仰愧于天俯怍心

相互知心人生乐

幸运顺遂有感应

2022 年 9 月 28 日

灵魂的伴

喜鹊声声报清晨

金鸡高歌呼黎明

蝉鸣垂柳唤远亲

蛙鼓荷塘起氤氲

天涯海角觅知音

相互勉励度余生

茫茫人海一知己

天长地久胜亲人

看惯了人来人往

习惯了离合悲欢

采一枝鲜花分享春光

舀一瓢泉水洗暑清凉

摘一弯明月秋收冬藏

倒一杯热茶御寒暖房

知己是灵魂深处的伴

陪我度过孤独的岁月沧桑

2022 年 8 月 6 日

阅 人

感情犹如一天平

付出相同才平衡

朋友似灯照前程

知己如伞撑片天

花言巧语是浮云

关键援手可试金

患难之中见真情

来往日久知人性

短期相识看脾气

长期相处看德行

一生交往看人品

时间识人谁为真

2022 年 2 月 12 日

同　频

同频的人相互吸引

磁场引力使之走近

善良的灵魂播撒芳芬

让人欣赏爱恋深沉

丑恶内心长满荒草

蛇鼠一窝算计别人

修行也要防御盔甲

谨防命运的恶狼侵吞

贫瘠心灵洒上知识甘霖

灵魂会绽放美丽青春

善良种子长在肥沃心海

四季自会花开繁盛

近朱者赤近墨者黑

做好自己结交好人

和善良人一起少了纷争

与聪明人同行头脑清醒

和有趣人一起少了枯燥

与阳光人同行永远精神

哀求命运不如自立自强

向外求索不如自己丰盈

2022 年 10 月 10 日

幸福吟

选一处清净安家

待一片绿树静雅

邀好友把盏言欢

舒胸怀放歌当下

品一杯时光绿茶

赏一幅山水心画

祈平安淡看风云

愿幸福陪伴天涯

2022 年 5 月 5 日

挂　牵

人与人的质朴情感

心与心的盈盈惦念

亲情的真挚流露

知己的相惜流连

牵挂是心灵的呼唤

意念与时光有染

春风吹不去牵挂的思绪

夏雨冲不掉牵挂的扎根

秋韵掩不住牵挂的失落

冬雪飘不去牵挂的情缘

春花秋月何时了

人间至情是挂牵

被人牵挂感动欢愉

牵挂别人情深眷念

彼此牵挂相拥取暖

憧憬遐想让生命柔软

有情就已涅槃

懂得便是真念

2022 年 5 月 21 日

友　情

人心贴着人心

世上最好的感情

即使不能朝夕相伴

仍然彼此相互挂牵

不是甜言蜜语在耳边

不是山盟海誓许诺言

不因时间冲淡

不因距离搁浅

我知你心坚定

你知我心真诚

懂得珍惜才长久

相互惦念心相印

2022 年 8 月 16 日

缘　分

有缘相逢穿越人海茫茫

相欠谋面跨越万水千山

迎面走来无缘擦肩

匆匆而过不欠无言

不管是陪伴还是转身

无论是一生还是一程

能遇见的就是缘分

一别两宽珍贵留念

陪伴你的叫温暖

离开你的叫心酸

欺骗你的缘分尚浅

伤害你的感情易变

缘来珍惜缘去祝愿

属于你的有缘珍惜

无缘你的莫要纠缠

感恩遇见不负不欠

患难方能领悟感情缱绻

2022 年 3 月 28 日

邂　逅

别让爱恨在心海发酵

别让往事在心灵生出杂草

清空内心的繁杂浮躁

期许每天岁月静好

斯人若彩虹

遇见方知有

打开心窗放下爱恨

明天阳光会照进心灵

等一个真正懂你的人

漫长岁月相携同行

一起走遍海角天涯

阅尽世间繁华美景

心存美好眼底写满温柔

相信缘分永远充满柔情

珍惜拥有余生幸福永存

愿红尘邂逅相知拥有情深

2022 年 9 月 20 日

诚　恳

花懂春的温暖

所以尽情绽放

月懂夜的寂凉

所以默默陪伴

懂的人心灵共鸣

能走进你的内心

蕴含丰富情感

浸润暖心温情

眼睛纯净

才能看见美丽风景

心灵干净

才能拥有纯粹感情

行端走正凭借良心

真诚为先善良为本

一直诚恳的人

最后会收获感恩

2022 年 10 月 19 日

老 友

老酒最香醇

老歌最入心

老友最情深

情谊倍感恩

深情付深情

真心对真心

阴晴天作主

悲喜由心定

离开是过程

留下是人生

2022 年 11 月 20 日

朋　友

朋字身体挨着身体

友字两手相握相牵

朋友是一生的伙伴

朋友是一世的情缘

断不了的牵挂

忘不了的惦念

我在你眼里

你在我心田

过去真诚地回顾

四季陪着你流连

千言万语情绵绵

情深义重毕生恋

2022 年 12 月 24 日

真　诚

聪明不如真诚

真诚是与他人交心

是让人舒心的修缮

是令人放心的人品

有几分本事

不如值几分的信任

看似眼前吃了亏

却换来长久的人心

真诚才能永相守

珍惜才配共荣存

2023 年 1 月 25 日

情　缘

等一朵花绽放

等一个人缘赏

眉间写下相思

鼻翼留下芬芳

眼中顾盼的神情

心中婀娜的倩影

你是心灵的温暖

你是生活的诗篇

你是纸短情长的日记

你是往后余生的伙伴

遇见就是前世缘

钟情就是常思念

惜我之人我惜之

穿过风雨情更坚

2023 年 2 月 23 日

懂　得

人生百年似酿酒

静心品味知春秋

爱恨离合皆会有

唯独懂得最难求

世间乐在相知心

君愁未言我亦愁

信步走好人生路

不浮不躁共携手

2023 年 3 月 21 日

思 念 ①

曾说陪我豪情万丈

为何陌路相忘

曾说携我岁月悠长

为何书卷残香

任风蚀了眼泪

流不尽滴滴念想

传情诗笺寄来挂牵

天涯海角永世难忘

2023 年 4 月 10 日

---

① 那个年代，火车上相遇，相互吸引，话语投机，欢声笑语春心动，未来畅想心里甜。萍水相逢根底浅，离别后，左看右盼无音联。数年后，托人捎信表思念，回想当年音容笑貌心里暖。时过境迁终难圆，永留祝福在心田。

思　君

辗转反侧难入梦

思君念君无处寻

手揽回忆痴痴念

细数往事悠悠沉

命中总有一个人

仰慕一生遗憾一生

情依旧心间氤氲

梦如昨眼前绕行

2023 年 10 月 3 日

际　遇

白云遇见骄阳

折射万丈光芒

花儿遇见春风

尽情绚烂绽放

真心遇见真情

滋生爱情绵长

缘分美丽神奇

邂逅吉祥顺畅

相信茫茫人海

予你情怀温暖

保持热情期待

前路必然宽广

2023 年 10 月 7 日

印　记

人与人相遇相系

冥冥中自有天意

同行时满心欢喜

告别后空留回忆

所有的邂逅别离

都有各自的道理意义

知你所思懂你悲喜

不离不弃加倍珍惜

内心安静就是美丽

静静感悟人生诗意

人生不管是否乐意

时间总会留下印记

2023 年 11 月 3 日

聚　散

身在风尘俗世里

悲欢离合皆经历

遇见是一种缘分

相聚是一种幸运

浮生聚散寻常事

有路难免有行人

人生路口陪你走

旅途不会永停留

无法挽留就挥手

缘分尽头别再求

期待犹如一粒种

深植灵魂盼新秀

2023 年 11 月 5 日

契　合

岁月铭刻往昔欢愉

驱散了杂乱的愁绪

人生旅途长情陪伴

需要亲友懂得契合

心灵之窗为信任者敞开

内心的苦向知心人诉说

他朝若是同淋雪

此生也算共白头

感动源于心的共鸣

心灵契合是生命最美的情愫

2023 年 11 月 6 日

微　笑

微笑是一朵行走的花

传递着友善和悦纳

无需遗世立奇

无需修饰刻意

人的心里都有花田

种下希望绽放春季

即使生活艰难日子不易

也要面带笑容乐观自己

微笑对己是财对人是礼

眉目成书爱满四季

保持微笑收敛心性

晕染成诗悦赏惊喜

2023 年 11 月 8 日

春 讯

风有约，花不误

年年岁岁不相负

一夜北风腊梅香

迎来小寒日初长

寒到极致便春暖

苦涩尝遍就回甘

小寒游子要思归

大寒岁末庆团圆

勿忘问候伴身边

还有祝福心田暖

愿冬天一路暖阳

愿内心不染风霜

愿奔赴向美向上

愿日子顺遂舒畅

2024 年 1 月 6 日

相　遇

光阴输与闲人手

屈指穷冬又三九

相遇无边无际的人海

如同一颗流星划过天外

像绽放的花朵短暂

香气却让人难以忘怀

彼此心中织起牵挂缟结

像美妙歌曲让心灵慰藉

体味生活的风景

收获身心的成长

修行人情世故

珍惜生命的热望

新奇的人生故事

每天都找到新的篇章

字字句句诗意浓郁

点点滴滴陶醉馨香

遇见的都是风景

念怀的都是故人

丈量的都是心路

成长的都是心境

2024 年 1 月 13 日

流　转

一粥一饭蕴着情深意长

一节一岁含着爱与向往

将季节的美丽悄悄收藏

黄色花瓣与白色雪花碰撞

剔透的美入了尘世眼眸

从人间烟火中酝酿温暖

人和事是必须走过的驿站

尝遍世间百态的人情冷暖

拥抱想要的欢喜万千

寻觅流转的诗篇重在眼前

2024 年 1 月 19 日

新　程

龙腾四海踏新程

告别旧岁庆新春

团圆便是家富幸

何须箱满仓库盈

千家窗户千盏灯

万家灯火万家情

诸事顺遂如约至

平安康健福满门

年年烟火向星辰

岁岁祈愿皆成真

2024 年 2 月 12 日

深 情

万千相遇因缘牵引

得失聚散全存己心

世间所有的情感

唯真唯深才得久远

历经尘世的沧桑

感受人情的冷暖

在洗礼与磨炼中

渐渐收敛了锋芒

万物有情深情做人

一粥一饭感受温暖

一草一木体会精神

一聚一散领悟人生

善良的人很美

深情的人最贵

日子庸常情味绵长

俗世处处充满念想

老年万事等闲看

阴晴圆缺顺自然

2024 年 3 月 14 日

关　系

走路结伴前行

才不觉得漫长

心灵相互陪伴

才不觉得孤单

灵魂匹配的人

全靠自身能量

愿用真心真情

愿用真诚善良

跋涉山高水长

有缘明月共赏

各怀星辰大海

走向绚烂辉煌

认知相通趣相投

心灵懂得无惆怅

无论跋涉多远

关系久处不厌

能量互补无羁绊

相互成就齐仰望

2024 年 4 月 9 日

第 6 篇

感 恩

母 爱

春风带来美景无限

母爱留下清新自然

母爱如歌浅唱轻吟

母爱如诗悠远纯净

山没有母爱高

海没有母爱深

天没有母爱广

地没有母爱包涵

云朵没有母爱洁白

太阳没有母爱温暖

眼泪伴随母亲一生

操心劳神殷殷柔情

欣喜流泪见我成长

担忧流泪知我困难

为爱离别流泪难舍

默默流泪思念久长

祈祷时光善待慈母

感恩戴德永世不忘

2023 年 5 月 14 日

恩　师

没有血缘关系

却有血浓于水的恩情

进步了由衷高兴

退步了日夜操心

成长路上指点迷津

学业有成默默转身

清亮的声音变得喑哑

挺拔的身躯佝偻弓形

这就是伟大的恩师

留在我脑海的靓影

您教导我们

自尊才拥有闪光

进取可点亮理想

您天使般的笑容

打开我自信的门窗

您智慧的语言

给我成功和希望

鹤发银丝映日月

丹心热血沃花放

桃李满园竞妖娆

呕心沥血育栋梁

2022 年 9 月 10 日 教师节

鞍马心

阳春三月芳菲盛

天清气明万物显

慎终追远祭祖先

血脉倍思父母贤

犹念德泽养育恩

追梦复兴负重行

来世有缘若再聚

报恩尽孝鞍马前

2022 年 4 月 5 日

第一亲

母爱如春风吹绿大地

如春雨把万物滋润

母亲人生第一亲

母爱人世第一情

谆谆细语勤叮咛

名师开悟指点迷津

荡涤心灵振奋精神

暖化寒冷哺育生命

坚守执着无私永恒

世间父母情最真

泪血流入儿女身

细数指间岁月新

静拾一缕春风吟

氤氲斑斓苦旅程

游子只觉行路苦

岂知慈母倚门情[1]

踏破天涯心随行

情深岂用尺和寸

荣枯都应陪双亲

莫留遗憾抱终生

2022 年 5 月 8 日 母亲节

---

[1] 语出元代王冕的《墨萱图·其一》。"慈母倚门情，
游子行路苦"。意为慈祥的母亲倚着门盼望着
孩子，远行的游子是那样的苦。

年

丰富了沧桑记忆

苍老了青春容颜

迎来了明媚春光

送走了凛冽严寒

期盼载满祝福

愿望满是平安

不再感慨抱怨

还是顺其自然

感恩世间情缘

尽力随遇而欢

告别所有的不快

期许顺遂的来年

2022 年 2 月 16 日

明　媚

绿叶是春的衣衫

红花是春的容颜

太阳下山有月光

月亮落下有朝阳

若将浮云再看淡

人生何处不晴天

心有所向知感恩

前途明媚乐无边

2023 年 3 月 18 日

人　缘

人过留名雁留声

做人定要有良心

帮你的人不能忘

疼你的人不能断

暖你的人不能远

光明磊落行者先

你情我愿知感恩

一分得到十分还

人事处理须认真

忠厚诚恳成信念

世代相传唯人品

人人称赞好人缘

2022 年 5 月 15 日

品　味

百转千回的人生

无力改变生命的历程

世事跌宕

得到的都是幸运

经历过荣耀

珍惜失意时的陪伴

经历风雨的洗礼

懂得明媚阳光的温暖

过往的美好在记忆中延续

要感恩一切相伴

生活总有对比

世事不能如愿

好好品味才走得长远

不乱于心

不困于情

把别人眼中的苟且

活成潇洒的人生

2022 年 6 月 1 日

情 谊

眼中的温柔见于回眸

那是岁月的恩情

转身见到眼中坚定

那是时光的馈赠

人生一直有人陪伴

那是一种美好的生命

彼此交心情谊长久

相互信任感情弥真

牵手走过红尘阡陌

是多么幸福怡情

经历人世风霜苦辛

不是一时的相遇相认

历经岁月沧桑

不是一时同心共鸣

你在乎我在意

把彼此的心串紧

愿温暖的情谊久久长长

一起缔造世间人伦

2023 年 1 月 30 日

莫忘恩

做人不能忘根本

处世怎能忘恩情

人若忘本失本真

忘恩岂不寒人心

世上遇见由天定

付出助人须肯定

树高千丈不忘根

人若辉煌焉忘本

懂得感恩得真诚

谢恩多能遇贵人

你来我往是常情

薄情之辈路难行

他人付出是善意

牢记善意莫忘恩

2023 年 2 月 14 日

赠长耳

风云际会向阳春

胜友如云忆往恩

浩瀚宇宙一尘埃

独一无二各自存

金风玉露幸相逢

胜却人间无数情

浅相遇，深相知

携手共进暖一生

2023 年 2 月 18 日

攀　爬

生命孕育最美的花蕾

历经风霜雨雪绽放

人生是一场旅途

最美风景须经峰回路转

感恩生命中的恩赐

让我们变得美好坚强

用行动代替焦虑

用乐观战胜悲观

用希望赶走绝望

用攀爬征服心中高山

不在回忆中哀伤

不在当下举步不前

用乐观心态智慧力量

武装勇士的信仰

肋生双翼自由飞翔

战胜困扰灵魂的磨难

2022年8月27日

共　振

理念认知同频人

语言步调相共振

风起云涌是人生

波澜不惊是心情

修得一颗坚定心

遇到挫折坦然行

凡是过往皆序章

所有将来皆可盼

用双肩扛起责任

用汗水致敬使命

正能量回馈社会

用努力装扮乾坤

粮食强壮身躯

书籍健全精神

行为心表

言为心声

细节见人品

小事见人心

2023 年 4 月 1 日

自　然

风来不问去处

雨落不问归期

岁月拥有风景

馨香曼妙于心

生活心存感恩

只为沉淀生命

花开花会谢

缘来缘会散

得失是常态

聚散是自然

上天赐予的雨音

清洗尘封的心灵

2023 年 5 月 3 日

精神盛宴

夹杂秋花的芬芳

品尝月饼的甜香

明月寄托相思意

节日带来仪式感

相传的是民俗风情

不变的是文化积淀

家人围坐叙叙家常

孝亲敬老一生平安

凝结思乡的情感

蕴含炎黄的家国情缘

国泰民安美好祈盼

享受传统的精神盛宴

在异乡的有人惦念

归家的尽享团圆

无论故乡他乡

无论海角天边

有家为你守候

有人将你挂牵

缕缕清风捎祝福

皎皎明月寄思念

年年岁岁长安好

岁岁年年共月圆

2022 年 9 月 10 日 中秋

乡　愁

乡愁像风筝一样

一头拴着故乡

一头连着心房

离得越远思念越长

无形中紧紧捆绑

儿时的成长浮现眼前

灵魂扎根碧水青山

像一幅靓丽的画卷

永远抹不掉的乡恋

初心最难忘

乡音不易变

乡愁牵着一世情缘

把模糊的影像记录在案

2022 年 10 月 9 日

家　园

牵着感情温暖线

延伸人生感恩缘

心愿心花为爱展

洒脱漫步天地间

蓄德养贤万事兴

家庭情怀古来深

若问世间何为贵

亲情骨肉是家园

2022 年 2 月 16 日

清　明

清明祭祀悟人生

静立茔冢追思根

祖辈有源亦有灵

开枝散叶日渐盛

感恩祖先育我等

清风拂面洗心尘

荣华富贵如浮云

血脉相连永世存

慎终追远思传承

愿接千载佳业兴

2023 年 4 月 5 日

霜　降

冷霜初降枫叶香

千树扫过一番黄

满满采撷秋日果

庄稼成熟须归仓

丰硕回报春播种

冬谢翁郁夏生长

阳光少些前浪漫

蓝天白云巧梳妆

2023 年 10 月 25 日

陪　伴

无论何种阶段陪伴

都让生命旅程值得眷念

父母子女的陪伴

是血缘至亲的温暖

亲人朋友的陪伴

是彼此倾诉的港湾

恋人夫妻的陪伴

是慢慢变老的浪漫

烟火平凡的陪伴

足以抵御风雪严寒

善待尘缘用心陪伴

时间给予最好答案

2023 年 11 月 18 日

相　遇

万物相遇都有反应

深情赋予绿意盎然

冷遇见暖有了雨

春遇冬岁月转换

天遇见地有了永恒

人遇见人有了生命

带着生活的期待

扬起生活的风帆

见山见水见星辰

遇春遇秋遇良人

格局决定结局

胸怀决定命运

凡心所向素履往

生如逆旅一苇航

身体老去无法逆转

却可以拂去心灵沧桑

每个人都有一盏心灯

照见生命的美意和光明

2023 年 11 月 19 日

感　念

抛下往日的忧愁

遗忘昨日的烦恼

铭记昨日的恩情

珍惜当下的美好

酝酿生活的甘甜

收获人生的微笑

有热爱的事可做

有温暖的人可靠

有暖心的话可言

有前行的路可瞧

即使坎坷再多

也能坚强面对

就算工作再累

从未想过后退

感激帮助别人

最终恩泽自身

感念之心长存

福报自会降临

岁月印证一切

时光最懂人心

缘分早已注定

久别重逢是同频吸引

经历是宝贵的财富

曾经拥有足慰平生

2023 年 11 月 24 日

恩　情

恩情如金子般发光

如玉石般剔透晶莹

恩情是温暖的善举

提灯照亮陪伴前行

父母遮风挡雨

不惜献出生命

兄妹有着共同的根

相同的血永为后盾

相伴一生的爱人

不离不弃呵护真情

孩子成全完善我们

上齐了人生的课程

红尘作伴的朋友

陪伴走过漫长孤独的旅程

在人生的岔路口

贵人校正航向智慧我心

举手之劳的陌生人

让我感受人间温情

咬牙坚持的自己

自渡自强自律自信

所念皆所想

所想皆所成

2023 年 11 月 25 日

洞　明

心怀深情往前行

所遇多是好风景

晓来收起满天星

释怀昨天再起程

做好眼前惜寸金

铺垫明天无畏辛

学做自己的太阳

照耀自己的人生

做一个简单快乐的人

怀一颗感恩善良的心

世间美好与心情相关

心中有爱万物有情

2024 年 1 月 25 日

春　晖

岁月在微笑中流淌

春晖于平淡中生香

灯火可亲柴米油盐

感恩遇见温暖团圆

一年比一年成熟

性格越来越坚强

进步成长是努力的附属品

不停挑战才会让希望无限

快乐是健康的前提

最好的医生是自己

老歌是心情记忆的回放

一起用心聆听逝去的时光

2024 年 2 月 6 日

243

笑　谈

人生道路有多远

爱是永恒的追寻

家是永远的港湾

节日展现仪式感

此生所遇千千万

总有人流连顾盼

途经风景万万千

总有处温暖眷恋

别怕路途曲折艰难

总有人与你相爱相伴

做好自己执着向前

相信同频的人总会见面

爱是怦然心动的遇见

爱是细水长流的温暖

爱是山盟海誓的诺言

爱是平平淡淡的陪伴

白发苍老了容颜

把尘世过往笑谈

2024 年 2 月 14 日

自　塑

生命是一程爱的抒情

素心阅来自塑秉性

热爱可抵岁月漫长

光阴倾情有趣有韵

执着热爱不忘初心

优雅人生姿态丰盈

倾心倾情无限生命

感知不易难当使命

不怕天涯路远

不悔衣带渐宽

不畏冷暖变迁

不惧世事艰险

曾经的岁月风景

感动的故事深情

知足身边的拥有

感恩手中的确幸

步步靠近更好的自己

是对生命最好的感恩

2024 年 2 月 27 日

第 7 篇

洞世

阳　光

生活从来不曾刁难

人生的路却充满迷茫

需要一缕阳光照亮

治愈人心的是心灵鸡汤

昨天的太阳

晒不干今天的衣裳

生活不能沉湎于以往

笑纳生活的美好

也应承受生命的惆怅

时光留不住昨天

缘分不能停在初见

相逢不易相知珍惜

即使曲终人散

生活也许少些怨言

苦苦追寻不得

不如顺其自然

看淡世事沧桑

方能安然无恙

难过的往事

不如与知己笑享

悠闲生活人向往

人间至味是清欢

用心过好每一天

不辜负每天好时光

纵然生活充满烦恼

乌云终难遮住太阳

2022 年 3 月 6 日

憧　憬

试着去憧憬

学着去适应

向昨天要经验

向明天要动力

向今天要成果

过一个有意义的人生

伴随微笑的韵律

走过月亏月盈

学会欣赏远处风景

也要经营眼前人生

岁月跋涉的故事

重要的是选对身边人

容貌是天赐的福分

气质是最美的修行

心诚才能交到善友

品正才能遇到贵人

灵魂丰盈自生香

生命旅途需真情

最是书香能致远

笑对得失心透明

2022 年 12 月 12 日

更　新

走在人生的路上

面对世事的无常

心怀感恩和善良

好运便随影身旁

过去塑造着现在

现在演绎着未来

生活的剧情在更新

用心体验细节安排

认真打磨点滴积累

努力呈现精彩人生

2023 年 3 月 23 日

流　年

浪花不能永激昂

恢复平静流向前

人间甘苦与变迁

心平气和度流年

新念何必理旧梦

期待沧海成桑田

眼中有笑心有暖

旖旎风光处处现

2022 年 4 月 2 日

观　心

不同凡响的人生

需要用心经营

悦赏每季的风景

品味有色彩的生命

袅袅的炊烟

浓浓的亲情

人生欢喜从容

日子向美而行

学会观照内心

净化杂念蒙尘

接近最初本心

回归婴儿纯净

生命的最高境界

是朴素高贵的心

心像飘飞的纸片

随风去到山的那边

期望有人指点迷津

写满这张信笺

2023 年 3 月 9 日

栖　息

活着不是为了别人认同

成功是为了赢得尊重

俗，人在山谷

仙，人在山峰

拥抱世俗深入人群

薄情修行隐居山中

若需感受到幸福

心灵的栖息就得从容

2022 年 1 月 18 日

风　景

拥一缕阳光在心

守望属于自己的风景

幽幽绿意溢满眼睛

潺潺水声耳边回旋

通透世事的安然

体味生命的本真

不念过往

不想前尘

最好的路是在脚下

最美的风景是在心境

人生有桥桥渡无桥自渡

心中有景芳香怡人

2022 年 3 月 16 日

绽放光芒

时间沉淀苦乐忧伤

四季过滤悲喜情缘

白云淡淡流光湛蓝

绽放的笑脸把硕果铺满山岗

深秋的落叶玲珑金黄

希望的心迎接花开春暖

即使在废墟中

也努力让凋零充满希望

回眸枝头飘零的时光

让生活的轮回绽放光芒

2022 年 9 月 30 日

瞬　间

人生短暂颠簸变幻

属于你的是活着的瞬间

瞬间叠加生命链

酸甜苦辣相串联

瞬间记录着成长足迹

回荡着善语良言

串联起心路历程

充盈着我们的内心

电影连接瞬间

表现喜怒哀乐沧海桑田

人生过往犹如云烟

何必纠结回不去的陈年

让清风拂去烦恼

让流水冲刷杂念

大自然涤荡身心

书香艺术陶冶性情

好好珍惜努力向前

时光定格奔跑人生

2022 年 10 月 7 日

转　季

金秋阳光恬静暖房

文字多情写下诗行

时光缱绻指间微凉

光彩交织缤纷梦想

辛勤汗水没有白淌

春华秋实如愿以偿

万顷良田颗粒归仓

岁月转角秋储冬藏

菊影绰约千树金黄

晚秋美景旖旎风光

2022 年 10 月 31 日

回　归

回归内心世界的本真

让精神世界饱满丰盈

心怀善良无愧良心

功名利禄过眼烟云

经历让性格多了韧性

对事能屈能伸

内蕴充实养性修身

镜子面前竟觉陌生

谁不是历经沧桑

谁不是千帆过尽

栉风沐雨昼夜兼程

生命总是喜忧并存

2022 年 12 月 18 日

情　牵

时光温润了岁月

丰盈了人生流年

与其空叹岁月沧桑

不如微笑昂首向前

携一抹花香的缱绻

淡看风云过往转变

草长莺飞陌上花开

如诗如画季节情牵

2023 年 3 月 20 日

谷　雨

谷雨过后无凉寒

芳菲浓处兆夏天

春天播下如意愿

将会渐渐得圆满

惟愿往来度流年

烟火如常都温暖

落红成泥绿成荫

雨生百谷润物生

不负春光不负己

留住最后一抹春

莫愁春暮芳菲尽

盛世繁华四时新

2023 年 4 月 20 日

用　心

面对外面世界

需要的是窗子

面对自我认知

需要的是镜子

窗子看见世界的明亮

镜子看见自己的污点

美德不扎根内心

就会流于虚伪

知识不在心里留下印记

只能是过眼云烟

人生没有用心思考

就没有真正活过

心若迷失了

走多远也无快乐可言

生于尘埃困于理想高台

终将淹没在茫茫人海

用温暖善意理解世界

用豁达胸怀包容存在

2023 年 4 月 19 日

新　雨

立春踏进春的门槛

雨水拉开春的幕帘

心中若有浓意春

斜风细雨皆是情

点染青青柳色新

爱这润物细无声

红梅开未遍

小桃才数点

看小草争相露头

麦苗陆续返青

喜雨惠泽大地

万物向美而生

等一夜好雨送春归

待一季新花开满城

自此温柔而暖

余生盎然迎新

2023 年 2 月 20 日

格　局

人生起起落落

无需纠结抱怨

世事不能如自己所愿所想

难免遇到袭来的雨雪风霜

在情绪低谷时光

把心情挂在夜幕上

像一颗闪亮的星星

跃动着美好的愿望

期待阳光照进生活

无助时为自己打开一扇窗

人生没有如果

时光不能倒流

日子过的是心情

生活要的是感恩

内心若是万里晴空

生活自会精彩纷呈

曾经过不去的坎坷

会被时间慢慢抚平

生命的格局一大

就不会在琐事上沉沦

2023 年 8 月 3 日

心　唤

宇宙是一个能量场

物质都是波动现象

心不唤物物不至

信念带你把幸福之门叩响

心念也会形成磁场

带你走出人生至暗

成熟是认识完善自我的过程

孜孜以求念念不忘

物质波动会带动同频靠近

世上一切都由点滴小事成长

敢于迎接风雨

勇于乘风破浪

2023 年 9 月 16 日

取　舍

人生内涵如大海浩瀚

权衡身心价值的悲欢

眼里长着太阳

笑里全是坦然

积极乐观怡静旷达

五味杂陈尽享所盼

心态主导生活质量

驾驭生命是取舍眼前

2023 年 10 月 12 日

如 歌

但愿岁月如歌

时而婉转时而高亢

用歌声表达情感

用歌声记录成长

用敏锐感觉发现美

用心灵良知感受善

用行动改变不公现象

真正传递爱与温暖

世界如同多彩画卷

充满美好和希望

坚守信念携手共进

共同书写未来华章

2023 年 11 月 16 日

心　安

人生最好是简单
岁月最美是心安
生活琐事化成河
身边静静会流过
名利得失皆随缘
沧桑岁月如云烟
别把心塞得太满
心路畅通方行远
只有内心的丰盈
灵魂才得以芳馨

2023 年 11 月 17 日

印　痕

岁月波涛的起伏
早已磨平了棱角
爱恨情仇的往事
化为随风的云烟
眼角眉梢的皱褶
留下时光的印痕
鬓边发梢的颜色
洗礼岁月的真情
时光消减了风华
成熟魅力显现
风尘暗淡了容颜
心境从容淡定

2023 年 12 月 14 日

倏 忽

花红璀璨春色荣

转眼雪飘凛冽冬

一年倏忽又到头

韶光逝去无影踪

年龄不是限制我们的枷锁

而是检验完成的人生使命

每增一岁是生活的积累

每长一轮是经历的沉淀

跌宕岁月中学会了坚韧

人生勋章是岁月赋予的责任

2024 年 1 月 21 日

本 真

树根深深扎入泥土

拥抱黑暗得到光明

苦难岁月终有穷尽

花开时日总可盼临

一方田园可养终生

一眼天地可致怡情

看尽沧桑才懂平静

读懂繁华才知本真

往日忧愁随波逝去

欢乐笑靥历久弥新

2024 年 3 月 26 日

自　律

保持乐观迎来好的运气

高度自律是强大自己的秘籍

不要张望别人的风景

管理好自己的事情

成功存在于再坚持

坚持在于严以律己

这一刻不放弃

下一刻才会有转机

命运安排的时区里

有其恰到好处的深意

持续精进遇见更好自己

更好天地方得奇迹

苦心经营保持自律

厚积薄发前路顺意

2024 年 4 月 7 日

孤　独 ①

晨起暮落追寻梦想

人间烟火提供温暖

美好生活要能实现

选择拼搏才得偿所愿

良辰美景毕竟短暂

素净日子却是寻常

追求美好放下执念

内心多些明媚阳光

执念是不竭的海水

喝得越多越口干

---

① 叔本华说："在这个世界上，真正可供我们选择的路只有两种，要么享受孤独，要么沦入世俗，凡是人群聚集，主要话题无外乎三个，拐弯抹角炫耀自己，添油加醋贬低别人，相互窥探搬弄是非。"

执念是缠绕的藤蔓

越是纠缠越难断

心随境转是凡夫

境随心转是圣贤

孤独是人生的修行

为了更加优秀内心清醒

孤独在嘈杂中保持宁静

在喧嚣中稳步前行

是生命的独特神韵

是个人的盛大狂欢

2024 年 4 月 14 日

第 8 篇

品 质

笑　对

幸福的时光有人赞叹

生活的天空那么蔚蓝

岁月的歌儿那么美妙

平生的日子那么温暖

人性向往美好生活

心灵呼唤健康平安

良好心态是快乐源泉

想方设法把烦恼驱散

笑将困苦当作佐料

笑将失意当作美餐

不怕前行没有道路

只怕退缩不愿向前

2022 年 7 月 4 日

蜕 变

心态乐观无阴霾

意志坚定无阻碍

经历坎坷蜕变坚强

遭遇困难更加勇敢

没有挫折难有进步

没有磨难怎能拔尖

路遇风雨莫言弃

策马扬鞭再奋蹄

全力以赴做强者

勇敢前行赢可期

迎难而上有动力

不畏艰险拼到底

2022 年 9 月 26 日

开心笑

笑是快乐的音符

通向友好的桥梁

笑是加固友情的黏合剂

化解矛盾的良药妙方

疲惫时笑一笑

会让你添加精神

艰难时笑一笑

会让你不再消沉

失败时笑一笑

会让你自信倍增

笑可以让老朋友越来越暖

笑可以让新朋友与日增添

笑可以让你越活越年轻

笑可以让生活越过越甜

学会微笑

才能把痛苦赶跑

学会微笑

才能将忧伤戒掉

学会微笑

才能不与人计较

学会微笑

才能洗去身心的疲劳

学会微笑

才能把困难和失意笑跑

学会微笑

幸福和快乐才能来报到

笑一笑

十年少

万事从心起

一笑千愁消

2023 年 2 月 1 日

满园春

百廿周年校庆临

葳蕤生香满园春

六校联办成一统

固本培元谋创新

师生矢志献赤诚

科研创优攀峰顶

学科集群雨后笋

世界一流指日成

岁月沧桑逾八旬

颜衰难掩驻童心

闲来寻趣偶欢歌

提笔舒怀写诗文

老骥千里不停蹄

夕阳西下献余温

晚年好静自取悦

耄耋矍铄觅开心

2022 年 5 月 3 日

思　索

人到老年恰如秋

静品岁月似水流

从前过往不恋留

活在当下笑春秋

芳林新叶催陈叶

流水后波推前波

一世浮沉辗转过

只言精彩不言愁

回望从前有思索

内心修为是前奏

光阴悄无声息走

释怀看淡乐无忧

心智成熟活通透

努力向前不停留

纵使青丝变白头

依然风光傲霜游

2022 年 9 月 2 日

安　静

养心贵以静

心静则智生

智慧与本真

得失照人心

内心得宁静

泰然应俗尘

静水流得深

致远必行稳

静读窥光芒

捡拾诗清欢

安静如良药

淡定有力量

2022 年 11 月 4 日

心　境

不经世事总是天真

沉迷经历又易消沉

混浊的眼装满疲惫

沧桑的心刻满伤悲

生活压尽浑身活力

岁月偷走脸上的笑美

人生会有至暗时刻

帮手只有未来的你

成功没有一蹴而就

需要耐心丰富修为

等待与希望两个美词

是人类的全部智慧

昨日的万紫千红

今朝也许凋敝枯萎

提炼美好一定要芳菲

但可以不一定是玫瑰

好心境才是最美风景

时光荏苒四季轮回

憧憬未来增添活力

重燃斗志梦想要追

2022 年 12 月 9 日

小太阳

清晨带来希望

驱动一个梦想

不管昨天怎样低落

总会看到今天的太阳

不管昨天怎样困苦

总会拥有今天的希望

年纪正好阳光正灿

努力做好每段时光

生活幸福安康

事业蒸蒸日上

晨曦照耀励志行

踔厉奋进诗书香

不负韶华不负爱

做个温暖周围的小太阳

2023 年 2 月 5 日

专　注

赶路在时光洪流

追随别人的脚步

与众不同被评头论足

何必在意太多

确定好人生方向

大步向前且歌且行

忠于内心活出自我

把每天活得饱满鲜活

善待自己不随波逐流

专注坚持会有收获

时间会给你答案

阳光会驱散迷雾

抵御世间的冷漠

不辜负日月山河

2022 年 8 月 31 日

慢慢"熬"

第 8 篇 品质

看过的景走过的桥

人生不懈在寻找

岁月的人生百味

像温润的白粥

精心地煮耐心地"熬"

我注意不巴糊

你关注不溢出锅灶

共同追求品味最妙

"熬"是奋发向上

追寻人生的味道

"熬"得住的学徒

才能得到师傅的言传身教

星光在波浪中闪耀

生活在困苦中奔跑

人生本是苦旅

习惯了慢慢"熬"

坚持"熬"不动摇

努力达到理想目标

人生多彩勤积累

终将赢得最后的笑

2022 年 1 月 16 日

修　行

人生是完善自我的修行

所有经历都是塑造德行

种树者必培其根 ①

种德者必养其心

心就是欲望的魔镜

照见自己的灵魂

底线像无形的大手

随时拨正所向人生

品德需要修正

素质需要提升

涵养需要积淀

形象需要清醒

---

① 语见王阳明《传习录》。此以种树培根为喻，
说明道德修养要从心底开始。意为修行只有发
自内心地自觉要求才有效果。

释怀放下昨天

微笑悦纳今辰

从容向往明天

不辜负每一寸光阴

岁月流去无痕

年华掷地有声

持续深耕自省渐进

陶冶情操滋养心灵

守候真挚的信念

心植阳光阔步前行

2023 年 5 月 22 日

青　春

青春如五月易逝的花海
青年像黎明短暂的朝阳
因为短暂所以铭记
因为易逝所以闪亮
青春的模样是胸怀理想
青年的宣言是奋勇拼搏
努力不是为了得到夸奖
而是不愿错对生命无常
人终将走向成熟和暮年
但心灵和脚步永远铿锵
前路虽远但行可将至
无憾的青春才算圆满

2023 年 5 月 4 日

童　心

时间磨去了年少轻狂

渐渐沉淀了自知冷暖

笑看人间琐事万般

童心抵消风尘漫长

童心不是一种年龄

而是一种智慧修行

童年充满魔力

治愈一生的烦心

历经世事变幻

依然善良温存

老有少年心疾病去七分

童心不泯童趣常新

乐而忘忧可爱开心

容颜虽老心可年轻

时光易逝乐观永存

美好命运定会降临

花开灿烂了风景

花落染香了心情

2023 年 6 月 8 日

心　善

灵魂之美源自善良

让人如沐春风快乐舒畅

怀揣善心情怀滚烫

驱散寒凉抚慰忧伤

心作良田耕耘没完

善为至宝无须隐藏

生命回声收获美好

善对世界回赠打赏

心善之人仁爱慈肠

借光人海彼此照亮

历经沧桑满怀热望

温暖善良福报绵长

2023 年 7 月 11 日

靠自己

人生的道路

必须靠自己铺平

人生的目标

必须靠自己设定

人生的希望

必须靠自己开启

人生的机遇

必须靠自己抓紧

人生的历史

必须靠自己书写

人生的骏马

必须靠自己驰骋

不要心存依赖和侥幸

可怕的是没有勇气丧失信心

愚者求人智者自助

毋临渴掘井宜未雨绸缪

2023 年 8 月 25 日

善　良

善良是世界通用的语言

是一个人最高级的修养

像炎炎夏日里的一缕清凉

连日阴霾中的一缕阳光

它有一种安静的力量

星星之火可以燎原

善良刚毅而柔软

帮助别人走出情绪的泥荡

赋予他重生的力量

抵御岁月的寒凉

在别人行至缓坡时

给予援手力量

待拥抱风光时

却转身踪影不见

善良必须要有底线

拒绝那些不合理的执念

为什么受助者得寸进尺

是因为施助者没有边界的心软

2023 年 10 月 4 日

开 朗

乐观能看到美好希望

比别人过得快乐舒畅

自带温暖明媚的光芒

为身边人带来积极向上的正能量

此生拥有好的心境

自会迎来一个好的前程

迷茫时看看窗外阳光

赴朋友邀请忆深情过往

不顺的际遇难以预料

自己的心情却能捋畅

岁月不会辜负乐观求索的人

付出会有美好的回赠

好心态给人生带来好运

愉悦常伴赏尽风景

人拥有什么样的心态

就拥有什么样的人生

面朝阳光努力生长

前路自会一片光芒

心存善良乐观开朗

幸福自会降临身上

2023 年 10 月 8 日

释 怀

雨点不会只落在一个屋顶

苦难不会只针对一个人

不再抱怨过去的事

不再记恨伤你的人

不再强求别人的爱

不再纠缠失去的情

往往生活是一团麻

抱怨拧成结快乐盘成花

宽恕别人就是释怀自己

岁月沉淀意境时差

事情要顺其自然

不要随意挥霍生命

四季轮回周而复始

风有归属人有时运

心态摆正

黑夜也能看到光明

坎坷跌宕

脚步仍然坚定

2023 年 10 月 18 日

回　声

年初所有的遗憾

都是年末惊喜的铺垫

此生没有白走的路

一步步早晚都会算数

坚持始终的热爱

追寻心中的向往

看淡艰难的释怀

遗忘忧人的惆怅

不管是怅然若失

还是百感交集

既然时光无法倒流

就珍藏所有的经历

谁对时间最吝啬

时间对谁最卖力

谁愿意辜负最好的时光

就准备回忆满是遗憾

生命是一种回声

发出声音就收到声音

付出善良收获善良

温暖别人也会收获温暖

2023 年 12 月 1 日

素 心

以一颗素心

跟随时光的路径

路见不同的事

邂逅不同的人

丰盈的是情怀

成熟的是心境

牵着时光手

跟着缘分走

与岁月同行

与美好同游

沿途看风景

内心有感受

岁月长河一扁舟

随着时间逝洪流

不畏将来勇往前

青春情怀

不念过往智慧遒
若有岁月可回首
且以深情共白头

2023 年 12 月 20 日

能 量

善念是一粒种子

善心是一朵花

散发花的幽香

飘散人性的芬芳

坚定自己的信仰

释放璀璨的光芒

日子需要诗意点缀

生命需要景象陪伴

季节诗行静思冥想

豁达才能拥有能量

2024 年 1 月 15 日

扁　舟

你我扁舟漂泊人生汪洋

免不了遭受拍打的巨浪

泰然处之心境平常

便能驶过激流风浪

小时候觉得未来闪闪发光

长大后没有一件遂己心愿

生活的点滴美好

是滋养生命的甘泉

再多的身外之物

只会徒增负担

清空不必要的欲念

内心清净过得舒坦

2024 年 2 月 13 日

教　养

最具魅力的气场

是做人的品德和教养

教养不是源于高智商

是教育养成的品质与修养

为人处事多多体谅

衡量别人不拿自己为榜样

大千世界做人就得有教养

让灵魂由内到外散发光芒

教养决定一个人的能量

较高生命层次自我约束

不管什么境遇都不卑不亢

良好教养增加福报和运势

运气就藏于你的教养

教养是折射人品的一面镜子

善待别人散发着可人的光

生命层次不看名车洋房

而看你是否善良和教养

如若只拥有一副空皮囊

亿万财产有何用场

教养是一种自觉境界

被人认可尊重才不枉为人一场

2024 年 3 月 27 日

第 9 篇

愉情

初 夏

流年的平仄里

轻吟靓丽的诗行

文字的花园里

写意山高水长

五月的风

嗅到了夏的清香

五月的雨

抚摸着心的柔软

五月的阳光

蕴藏着温润和暖

沉浸在晨风朝阳

是陌上花开的恬淡

覆满红尘满眼的绿

带来对美好人生的渴望

漫步荷塘之畔

聆听荷的低吟浅唱

五月的光影

景观醉人心房

生活的船

乘风破浪

生活的帆

扬起进取的力量

生活的诗

顿挫抑扬

生活的歌

踏着时代激昂

2022 年 5 月 11 日

夏　夜

少时未见空调房

挑棵树下去寻凉

草席一铺地作床

杂草烟熏作蚊香

手摇蒲扇精神爽

蝉鸣蛙叫奏乐章

遥望星汉闪闪亮

银河隔断好鸳鸯

弄机织女千梭泪

耕地牛郎九回肠

愿有岁月可回首

今日七夕诉衷肠

童心愤怼不平事

流萤闪烁心飞翔

漫漫长夜神游广

沉沉何时入梦乡

2022 年 8 月 4 日

生　活

生活虐我千百遍

我依然对她如初恋

生而为活活为此生

生活无法活成别人

冷暖需要自己掌控

苦乐靠自己拿捏分寸

生活若乐观向上

世界就如春天温暖

天空既有阳光灿烂

也会笼罩阴云

既有风雨雷电

也有彩虹高悬

日升月落犹如跳丸

人生滋味需要调拌

人生岁月学会沉淀

有一眼天地可以怡情

不错过每一个晨曦

不辜负每一个黄昏

生活本真是奔波忙碌

对周围人和事溢满感恩

幸福是我们的期待

不贪不念宽松环境

面对现实向美而行

用生命铺垫美丽风景

2023 年 6 月 24 日

金　秋

抬头仰望天空高远

低首凝望土地辽阔

静默秋水潺潺流

一泓清湖风吹过

犹如清泉注心底

醉倒缠绵缱绻的秋

喜看果实挂枝头

满满幸福汇心窝

桂花菊花千万朵

散发浓香醉金秋

牛羊低头品盛宴

草叶草籽一口口

远行游子频回头

祈载家乡秋景随己走

2022 年 8 月 30 日

乍 暖

灿烂朝霞映晨曦

缕缕炊烟夕阳系

闲煮岁月话沧桑

曼妙时光宁静祈

河边柳叶黄芽长

堤上桃枝花蕾放

阳光和煦晴方好

步履轻盈踏歌秧

俯仰无愧天与地

拥抱幸福心飞翔

星光不问赶路人

季节乍暖还微寒

2022 年 3 月 19 日

除 夕

除夕是个加油站

奔波忙碌终团圆

心念亲朋归家园

幸福演绎文明传

全家齐聚看春晚

欢愉享受亲人伴

举杯推盏喜开颜

满满饮下好情感

衷心诚送祝福语

殷殷许诺是心愿

春风得意新一年

蓄力追梦早扬帆

2022 年 1 月 31 日 除夕

元　宵

明月当空彩灯照

龙腾虎跃在今宵

火树银花众仙瞧

华夏儿女同欢笑

汤圆香甜瑞气飘

红梅辞寒春来早

百年征程竞妖娆

巨轮启航涌春潮

2022 年 2 月 15 日　元宵节

惜春光

阳春三月心热望

不负春光惜华年

得意春风任徜徉

赏心岁月播芬芳

时光驹隙瞬逝流

蜂飞蝶舞花神伴

归来乘兴寻佳句

觅诗意隽永春长

2022 年 3 月 26 日

春

暖阳照春风吹

晓来花红绿柳醉

鸟鸣声声脆

菜花黄麦苗翠

蚕豆花开引蝶飞

嫩果串串随

绵绵雨入夜会

润泽万物不漏晖

葱绿遍野卉

枝蔓蔓金灿灿

迎春花簇笑微微

春日春色引人醉

2022 年 5 月 2 日

季　节

三伏宜伏不宜动

连摇蒲扇带吹风

万物极盛繁茂荣

酷暑锤炼丰收中

推开季节秋门扉

轻嗅桂花芬芳浓

凝望稻谷金黄展

枫叶高粱相映红

荷娇菊美争奇葩

美丽金秋乐无穷

广获硕果不惧累

秋收冬藏世代用

2022 年 8 月 25 日

颂 放

心有承受限
放下方舒畅
心宽多平和
做人有温暖
放手儿孙路
信任前程宽
放声洗涤心
千愁一笑完
放达求乐趣
益寿又延年
放下莫执着
归你不必贪
晚年须放逐
当玩直须玩
坦诚且守信

逍遥神仙间

心若多计较

处处是怨言

心若多放宽

时时是春天

2022 年 12 月 25 日

亲　情

世间有种感情

血浓于水与生俱来

割舍不断情深似海

不求返还千载不败

时隔多久永远存在

身在何处魂牵梦怀

父母是最强的靠山

孩子是宝贵的福财

手足陪伴深情善待

付出多少从不记载

岁岁年年心心念念

亲情归属世代盈怀

亲人是太阳朋友是月亮

晒晒太阳有福同享

看看月亮生活安康

日月同辉地久天长

2023 年 1 月 31 日

莫攀比

山有山的巍峨

海有海的壮阔

活得舒心就好

何必追求结果

重视过程体验

享受自己生活

自古神仙无别法

只生欢喜不生愁

自己是心灵的主宰

也是心灵的舵手

月有阴晴圆缺

人有悲欢离合

心舒意惬莫攀比

丽日晴空好出游

踔厉奋发逐梦想

行稳致远乐悠悠

2023 年 4 月 23 日

月　季

红黄粉白番番换

生来不受春拘管

天生鲜艳度芳辰

无数花蕊月常新

蔷薇颜色玫瑰香

岁时月季仙家春

春伴桃李夏映葵

秋争菊艳冬斗梅

灿灿朝霞慰我思

安得骚人新辞醉

2023 年 5 月 24 日

飒　爽

携一身飒爽的新凉

处暑如约而往

炎热的暑天即将过去

秋与菊同生共长

春天像一位稚童

春水初生带着希望向上

夏天如一位青年

热烈无畏尽情绽放

秋天如同步入中年

带着岁月沧桑缓步向前

落叶纷飞风吹草黄

知己共念梦远情长

萧瑟一叶知秋渡

丰登五谷满庭香

2023 年 8 月 23 日

先 行

人生像一场旅行

看到风景也遇到坎坷泥泞

若想快乐和幸福陪伴

必须让简单和知足先行

任何身心的重负

该减轻的就减轻

简单了就轻松

知足了就开心

生活即德育

习惯成自然

2023 年 8 月 25 日

静　养

晨光中煮一杯花茶

品味沁入心脾的清香

跟随文字绘就的旅程

去往未曾到达的远方

漫步在绿树之间

聆听鸟儿的歌唱

宁静地坐在窗前

看落日余晖洒在地上

星光熠熠的夜晚

重温无忧无虑的过往

时光如水流淌

记忆光辉独特的回望

珍惜静谧的时刻

让生活的细节发光

2023 年 9 月 30 日

恬　淡

光阴划过岁月琴弦

河水唤醒沉睡的岸边

时光不会辜负勤奋上进

缘分打赏生命中的遇见

季节有不同的四时风景

感受到寒热差异的冷暖

曾经渴望命运的波澜

最终还是内心从容恬淡

寻一处心灵的港湾

人生诗意不必流水潺潺

2023 年 10 月 13 日

雪 梅

一双报春的使者

一对自然的精灵

几度风吟柔情美

白雪吻梅深情醉

短暂陪伴美缱绻

春讯生发香缠绵

白雪入诗诗浪漫

红梅成画画温暖

2024 年 1 月 7 日

腊月

轻轻推开腊月窗

烟火人间好风光

溢满幸福的滋味

欢喜笑语的景象

民族文化的传承

饱含未来的向往

一缕新鲜的春意

唤醒万物的生长

途经萧瑟春到场

每天都有新朝阳

红灯高挂爆竹响

千里辗转盼团圆

旧年千般皆过往

新年万事定顺畅

万千情怀慢慢吟

融融爱意轻轻唱

携着顺遂的希望

奔赴最好的春光

2024 年 1 月 11 日

雨　水

斜风细雨寒料峭

红梅绽放蕊香飘

碧水含情青山笑

杏花喜与垂柳聊

鸭子戏水呱呱叫

春燕雕窝乡村俏

一夜喜雨送春归

十里桃花竞妖娆

2024 年 2 月 19 日

诗　魂

春风扶柳扭腰臀

枝头桃花艳怀春

广袤田野绿且嫩

心芽萌动大地醒

曾经热爱休荒芜

梦想色彩现风情

春色妖娆百鸟鸣

香飘无垠寄诗魂

2024 年 4 月 11 日

后 记

　　文学作品的四大体裁是：诗歌、戏剧、小说、散文。诗歌有它的特殊地位，可以说，它是文学之母，培养文学鉴赏的最高形式，培养文学趣味和素养的最佳媒介之一。它没有戏剧紧张激烈的矛盾冲突，没有小说曲折生动的故事情节，没有散文形散神聚的鲜明特色。诗歌有其凝练性、抒情性、音乐性等特点，有"言外之意""象外之象"，有激情的敏感和直觉，优美、空灵、清新。阅读密咏恬吟，用韵、节拍、停顿，声调的轻重缓急，字音的响沉强弱，语流的疾徐曲折，都有其特点。古人云，"情动于中而形于言，言之不足，故嗟叹之，嗟叹之不足，故歌咏之。"

　　英国小说家、剧作家毛姆在自传体小说《寻欢作乐》中写道：文学的最高形式是诗歌，诗歌是文学的终极目的，它是人的心灵最崇高的活动，它是美的捷径。由此，有人就把诗歌看成文学的最高形式，美的最高表现。我国著名美学家朱光潜先生说："诗比别的文学都要更谨严，更纯粹，更精致"。如果把文学比喻为连绵的群山，那么诗歌就是群山的主峰，它能陶冶情操，纯洁心灵，提高文学修养。

诗是语言绽放的激情之花，情感的流露，没有情便没有诗。诗言志，有直接抒情、间接抒情两种。间接抒情又有托物言志、借景抒情、情景交融三种情况。每个人的内心世界都蕴藏着无尽的情感，从这个意义上讲，每个人都可以成为诗人。不同的是，诗人抓住人类真挚情感的脉络，为真情感动，用精美的语言表达出来，言与情相结，意与境融合，便成了诗。

激情是一种强烈的，爆发性的，为时短促的情绪状态，缘起有意义的事情。简言之就是对有意义的事情，真诚恳切激动的感情。我的诗集《青春如歌》在人民日报出版社出版后，听到几位读者在这方面的看法。潘真说："老陈是个对生活有激情的人，所以能写诗，没有激情写不了诗。"王自强说："诗人要有一种独特的气质，那就是丰富的想象力和激情。真挚的情感如清泉流淌于笔端。"秦德成在"随园老同学"群发表了读后感。他说："读了陈永先学兄的诗集，感受到浓浓的真情。大到党和国家，小到朋友家庭，都爱得那么深，那么真，保持了这份激情，也就保持了青春活力"。

有人说，"诗是有温度的！"是的，温度是人生活和发展不可缺少的因素。首先，温度能暖身。温暖如春，葳蕤生香。其次，是暖心，温暖心扉。古人把思想感情都说成心。从哲学意义讲，心是万物之源。心暖则安，心安则有为，心善能得到认可与友好。人之相识，贵在相知，人之相知，贵在知心，心知则心齐，人心齐，泰山移，圆梦焉能不成？再次，是暖神。凡心静则神悦，神悦则福生。暖神指温暖温馨，通达明了宇宙的境界。诗从暖身、暖心、暖神三方面寓意深刻，感人至深，让人情深神往，意笃奋发。

以上说的不管是激情还是温度，都是诗的作者把客观物象经过感情活动而创造出来的独特形象，称为意象，即意中之象。意象富有更多的主观色彩，迥异于生活原态，是能为人所感知的具体的艺术形象。有单个意象，即基本的艺术形象；有整体意象，即一组或一串意象构成的有机的整体画面，也称意象体系。

《青春如歌》诗集有首名为《孝德》的说理小诗，"移孝作忠孝德彰／男儿致力国富强／父母欣见儿成长／含笑九泉庆功忙"。自古以来"忠孝难以两全"，成为人们的普遍说法。怎样解决这个问题？作者开宗明义，正面直白地告之，"移孝作忠"。先总说后分论，作为年轻人应有义务竭尽全力担起建设富强国家的责任，这也是父母教育孩子的方向和殷切期望。当看到孩子长大成为国家的有用之人，是无比欣慰的。即使在自己老了之后，孩子不能朝夕侍奉，以致少活两年，当得知孩子事业有成，建功国家，在九泉之下，也会兴高采烈举行庆功宴，既为孩子努力的成功，也为自己教育的成功。两代人思想上共同提高，行动上双向奔赴，忠与孝和谐共生，相映成辉，成为人们认可和赞美的"孝德"。

这是一组意象构成的画面。意象是在主观意识中被选择而有秩序地组织起来的客观现象。唐代诗评家司空图说："意象欲出，造化已奇"。（《二十四诗品》）意境形象栩栩如生，自然界巧妙变化多么新奇。胡应麟也说："古诗之妙，专求意象"。（《神薮》）古诗在表达思想感情时，往往通过寄情于物的方式，把复杂深刻的内心情感投射到具体生动的客观物象上，使诗人的思想感情——"意"和客观物象——"象"，相互交融，相互渗透，相互统一，从而构成了意象。这是情景交融的形象，鉴赏时要拨形去"迷雾"，感情见"天日"。意象是诗歌写作的焦点，是诗歌艺术的精灵。诗歌的阅读鉴赏，要以解读意象为突破口。

孔子曰："不学诗，无以言"。大意是说，不学诗连话都说不好。博览群书添雅趣，缕缕书香胜饭香。腹有诗书，雅仪贵气，芳华人生。

成书过程中，扬州大学学报原常务主编张炎荪同学，带病审阅诗稿,高度肯定作品,提出许多宝贵的修改意见;颜世贵、徐相骥、石高明等同学,给予大力支持、帮助和鼓励;小儿陈华帮助汇编诗稿,不厌其烦地编辑、整理、增删、修改;老伴张代珍副教授、大儿陈洪、外甥女沈霞也做了许多辅助工作。对以上的深情厚谊,一并致以崇高的敬意和深切的感谢!

后记

2024 年 5 月 8 日